追尋

幻影都城VI

蝴蝶Seba◎著

—主要人物介紹—

殷曼：千年大妖，種族為飛頭蠻。飛頭蠻原為神族，因為族人有罪，全族梟首後廢貶為妖，之後又因為王母索取內丹全族滅亡，殷曼僥倖逃生，追尋族民殘餘幾百年未果，後專心修仙。在她即將成正果的時候，偶然搭救人類病兒李君心，造成終生牽扯不盡的種種因緣。化人失敗後，她的內丹孕化出另一個自己，甚至因為帝嚳幾乎魂飛魄散。

李君心：殷曼之徒，是個平凡的人類。年紀尚幼時被殷曼所救，身上擁有神祕的禁制，封鎖著極大的能力。他出生於父母疏離的家庭，又因為清秀病弱經常受同學欺負。殷曼度給他一口妖氣，讓他的身體強健起來，也給了他人所不能給、不願給的親情和關懷。日久生情，君心對殷曼懷抱著比親情濃郁、比愛情雋永的美好情感。也因為如此，在殷曼即將殞命之際，他使盡全力留住殷曼破碎的魂魄。並感動了古聖神。

帝嚳：天帝之子，被尊稱為「天孫」。兩任天帝；前任天帝是他的外祖父，而現任天帝則為他的父親。（「天孫」所指的「天」，是指前代天帝而言。）

他曾任代天帝，替多病的父皇處理國事。剛開始時頗爲英明神武，後期卻慢慢乖戾嗜殺，與魔族的戰爭幾乎毀滅人類所有文明。甚至殺害了自己的妻子，挖出她的眼睛作爲神器，也因此被天帝趕下帝位、貶入凡間受苦，依舊不改其狂，最後遭天帝拘禁。據推測，是因爲神魔長久的冷酷戰爭，腐蝕了他的心智，但眞正的原因不明。因爲對眼睛的變態執念，趁天誅日附身在弟子羅煞時，對殷曼大爲著迷，甚至強擄了內丹所孕化的殷曼（小咪）回天。

狐影：殷曼僅有的摯友。是位交遊廣闊的狐仙。他出身九尾狐族的王族，以族爲姓。因爲帝嚳看上他的眼睛而被迫害，天帝「安排」他在人間都城鎭守。個性機敏慈悲，殷曼和君心常受他庇護。現爲幻影咖啡廳老闆。

楊瑾：殷曼化人後的養父。原是西方天界的死亡天使，和狐影交好，受託撫養化人後封印記憶的幼小殷曼。非常疼愛殷曼，甚至爲了殷曼的失蹤，違背了西方天界的誡律，除去了死亡天使的身分。現在於人間的某療養院擔任精神科大夫。

楔子

殺。

他睜開血凝的眸子，心裡只迴盪著這個字。殺。殺殺殺殺殺殺殺殺。

當巨大的青鳥將狂風凝聚成尖銳的刃貫穿他的胸口，卻只得到他一個猙獰的冷笑。

我沒有心。抓著風刃，他的瞳孔透露出貪婪的殺意，只有殺戮。殺戮代替了我的心臟。

當銀白崢嶸的劍龍困住青鳥的同時，他扯下了這驕傲生物的羽翼，鮮血噴濺，華美的蒼羽紛飛。他在肆虐，在受了重創的青鳥身上肆虐，扯下她一把又一把的羽毛，抓碎她的臉孔。

似乎有一些聲音在呼喊，在干擾他，但他卻怎樣也不肯饒恕垂死的敵人。他的恨越來越熾熱，他的怨越來越沸騰。他什麼都想不起來，滿滿的只充滿一個字。

殺。

最後他身上幾乎插滿了箭羽，充滿無數刀傷劍傷，和數不清的火焰燎燒。但，他一點都不痛。

這只讓他格外狂怒。這狂怒徹底刺激了壓抑已久的野性，讓他迎風一展，變得更為巨大，令人膽寒。睥睨著冒著紅光的小人兒，他張口怒吼：「殺——」

但他卻發不出任何語言，只有純青輝煌的火光噴湧而出，轉瞬間，擁有天火的祝融大軍幾乎全滅。

「撤退！」他聽到有個年輕而強自鎮定的聲音這麼喊，「撤回南天門！他拿南天門沒有辦法的！快送訊給王母請示定奪……」

殘酷地，他的嘴角彎起一抹冷冷的笑。哀號吧，求饒吧，逃跑吧！他鬆爪，讓那些煩擾他的小人兒帶走只剩半口氣的青鳥。

叫王母出來，出來啊！他吼叫著，叫她出來！殺……我要殺！

毀滅這一切，毀滅這所有的一切……

讓毀滅開始吧。

他張口，將可以啃噬天火的純青火焰，奔騰如天之怒般，奔騰灼燒著緊閉的南天門……

第一章 天人五衰

這是什麼？王母問著自己，轉頭看向騷動的遠方。或許在她神力最巔峰時，可以細查天界的一切，但她距離巔峰已經非常遙遠了。

她只能模糊地感受到一種強烈的負面情緒，和勉強分辨是南天門的方向而已。

是誰又要挑戰我？廣目天王還是雷部那老頭？值年神官在做什麼，怎麼讓騷動維持這麼久，尚不回報？

是不是所有的神祇一起背叛了我？

她的內心環繞著嚴重的不安，和隱隱的憤怒，以及……漸漸濃重的疲倦。

睇了一眼闔目昏睡的病弱丈夫，她掀簾而出。她老了，或許外觀依舊青春美麗，但她的內心和神力一樣衰退得非常快。現在的她，不仰仗神器就無法觀看遠方的異變。

過去的她，對於使用神器的神祇都會冷笑著別開頭。那時的她，年輕驕傲，神威鼎盛，擁有熔漿般的生命力。

現在，一切都熄滅了。

但她還是挺直背，走出宮室，正要回房，卻聽到一陣騷鬧不安，她將鳳眼睜圓，厲聲道：「何事吵吵鬧鬧？」

「回娘娘，」神官惶恐地跪地回答，「角宿無詔硬闖，禁衛軍正攔著他呢。」

角宿向來膽小怕事，會硬闖金鑾殿……若不是造反，就是出了極大的事。「你們從來不知道什麼叫變通嗎？養你們這票廢物做什麼？還不快宣他進來！」

她大怒，幾個修行尚淺的神官委地不起，暈厥了過去，勉強掌住的神官壓抑著暈眩欲嘔的頭痛，趕忙飛奔出去傳角宿進來。

角宿一身戎裝，手裡還拿著戟，臉孔蒼白地朝王母一跪，連頌詞都來不及講，急道：「娘娘！雙成大人讓個來歷不明的妖孽打成重傷，燒滅大半祝融大軍，下官已經緊急關閉了南天門，但那妖孽還在設法燒門呢！萬望王母定奪……」

「我不是讓你們去燒舊列姑射中都？」王母看到像塊破抹布的雙成，臉孔發青。

「是。方在南天門集結完畢出發不久，就遇到妖孽攔路，此妖非同小可，不在當年大聖之下。」

是孫猴子的徒子徒孫？王母緊咬銀牙，臉色陰晴不定。她蹲身看著雙成的傷勢，又添幾分陰霾。

這傷不是孫猴子的路數，倒像佛土世尊養的那妖魔的手澤，若是他，又添了她幾分煩惱。怨只怨自己觀前顧後，忌憚著世尊的面子，沒痛下殺手，留下上邪這條禍根。莫不是他上天爭位？論傳承，他的確有份，但也先瞧瞧正統皇室尚有皇儲！

但細看雙成身上的劍傷和殘存珠雨，她又否決了這種想法。

幾乎不成人形的雙成睜開眼縫，用破碎的聲音說：「娘、娘娘……奴、奴婢敗了您的面子……」

王母臉孔一變，又喜又恨。喜的是，她眼前只有雙成一個得力人，受了這麼重的傷還活著，她往日百般教導的苦心總算沒白費；恨的是，幾乎將自己的絕活傾囊相授，這賤婢居然在這麼多人的跟前削了她的面子，敗給一個來路不明的妖魔！

「來人，」她冷冷地說，「雙成戰前不力，立刻押解東獄，待事後處分！」

眾神齊齊倒抽了口冷氣。王母心狠手辣，果不虛傳，連她身邊貼身的心腹都毫不留情，但服侍她已久的老神官心照不宣，押是押解雙成往東獄，卻也同時密召了太醫去治療。

現在王母是在氣頭上，事過境遷，還不是把雙成看成自己的命根？萬一死在東獄，別說東獄典獄官等，就算是他們這些老神官、太醫院，一個也別想推卸。

王母還在詢問角宿，值年神官又急急奔來，只見他臉孔漆黑，又被汗水沖刷，成了個大花臉，盔甲破破爛爛，判官鞭早斷成兩截，非常狼狽。

「娘娘！角宿大人！」他撲通一聲，連滾帶爬地跪下來，「南南南南……」

殊不知他急，角宿比他更急。王母脾氣暴躁，他再多口吃一陣子，可能是人頭落地，他拚著衝撞，大喝道：「蠢才！是口吃的時候麼？南天門怎麼了？是不是被打破了？」

被這麼一喝，值年神官略略鎮靜了些，他帶著哭聲，道：「……南天門垮了。」

此語一出，眾神像是被冰水澆了一頭一身，當初孫大聖大鬧天宮，也不過就打破南天門的門扉。需知南天門乃是古聖神奠基，號稱天毀地滅亦不敗，現在卻被一個妖孽打垮了！

角宿勉強鎮定下來，「娘娘，看起來還是請二郎神回天護駕……」

王母冷下臉孔，「不用。」滿天仙神，誰不等著看她笑話？偏偏她最要臉，她的人偏給她打臉。雙成這一敗，她面子完全掃地，不趁此扳回一城，她將來怎麼立起？

「取我披掛和兵器來！點起十萬天兵天將！」她將頭上鳳冠摜在地上，「本宮御駕親征！」

他的身上濺滿了血。

有的是他的，更多是眾神官、天兵天將的，還有些什麼君什麼宿，他也搞不清楚。

都無所謂。誰的血，都，無所謂。

他陷入一種迷離而暢快的感覺中，甚至連痛感都不存在，從頹圮的南天門走入天宮，他蹲伏在天界的範圍，發出低沉而令人毛骨悚然的笑聲。

他非常狂喜。在豔紅鮮血的洗禮中，他極度狂喜；但他也同樣非常痛苦，卻不知道爲什麼這麼痛苦，痛苦得完全無法壓抑。

或許是，他遺忘了非常重要的事情，重要到……比自己生命還重要的事情，但他想不起來。他的內心只剩下殺戮、狂怒，和血的狂喜。

我想不起來。我什麼都……想不起來。

這種遺忘，讓他的殺戮更無情。他化成宛如巨山的妖魔，將所有的焦躁和怨恨發洩出來，搗毀宮闕，殺害神官，在所有看得到的地方放上純青輝煌的火焰，吞噬一切。

毀滅、毀滅、毀滅……

什麼都不用想起來。

純焰燒光了宿殿、燒光了雷部，他甚至衝入天界最美的花神苑，放火燒園，驚慌的花神樹魄哭叫著逃走，他殘忍地抓住最後一隻花神。

當他即將收攏爪子，將那花神徹底粉碎的時候……他聞到花神身上的香氣。

茉莉花。

一張小女孩的憂悒臉孔，用死人贈與的嗓音，輕輕唱著：「好一朵美麗的茉莉花……」

記憶中絕美的她，不同的年紀，相同的她。總是冷冷的、惆悵的臉孔，總是不動聲色，沉默的溫柔。他所有美好情感的化身。

只有她，只有她。

哭泣不已的花神閉目等待自己的末日，卻遲遲不降臨，睜開眼縫，那隻可怕的妖魔愣愣地望著前方，貓科般的似人臉孔蜿蜒著熾白滾燙的淚。

「再、再也……」妖魔結結巴巴地說，「再也、回……回回……回不去了……」

猛然狂風驟襲，逼得茉莉花神閉上眼睛，再睜開的時候，那妖魔已經飛走，耳上的翅膀像是不祥的黑雲。

逃得性命的她哭了起來，卻不是因爲恐懼，而是一種莫名的、被感染的傷悲。

失去最初的狂熱，他陷入一種迷茫的惶恐中。

我是誰？我要去哪裡？我滿腔的怨怒是爲了什麼？她……她又是誰？要想起來，一定要……但他的腦子蒙了一層濃重血色的霧，連思考都像是在生鏽的鎖孔轉動。

這讓他爆烈的破壞力緩和下來，但眾天兵天將是不會放棄這樣的好機會的。

他被天羅地網困住，蹲伏其中的他，抬起頭——造下滔天殺孽，逆天暴戾的妖魔，卻有著嬰兒般純淨的眼睛。

我在做什麼？他們在做什麼？爲什麼我會在這裡？雖然這麼多疑問，他還是期期艾艾地問出他最想知道的答案，「我……我我我……我、我是誰？」

沒有人回答他，他們嚷著：「妖魔受死吧！」、「逆天妖怪，萬死不贖其罪！」、「殺了他殺了他！」

我不要死。我絕對不要，在沒有答案的時候死去。

他怒吼，銀白劍龍飛舞，斬斷天羅地網，被激怒的他衝入天界大軍之中，如猛虎入羊群，讓「血流漂杵」不再是一句成語，化爲地獄般的眞實景象。

然而，血氣呼喚狂暴，他好不容易得到的一絲清明，再次沉淪在無盡的殺戮中。

直到他被一把銀刀抵住銳爪。

他抬頭，望著眼前的女人，或說，望著她怨恨的眼睛。他認識這雙眼睛，他眞的認識……

「玄？」無意識地脫口而出，他忘記動作，險些被王母砍去右臂。

但王母的震驚不在他之下，刀勢緩了緩，沒有命中要害。她愣了幾秒，望著這隻滿身血污的妖魔。她不願承認，不肯承認，不可能的！他現在應該是個卑微的人類，無知的承受短命早逝的刑罰，生生世世、生生世世直到永遠……不可能變成這樣狼狽、猥瑣、污穢的妖魔。

但，她卻不能不承認。

顫抖著唇，她喚：「開明？」她痛苦地尖叫，「……李長庚！你幹的好事！」

開明？開明……開明……

長久以來，被惡咒禁錮的氣海洶湧澎湃，衝破了枷鎖，他發出極端痛楚的狂叫，全身竄起無處發洩的氣，自我攻伐到幾乎毀滅。

「開明，你不該來這裡。」王母頰上滑下一滴晶瑩的淚，她舉起名爲「滅日」的銀刀，「你若和我面對面，就是徹底毀滅。我不讓你跟我呼吸相同的空氣！」

就在刀起的瞬間，走火入魔的妖魔失去了蹤影。

就在王母跟前，有人救走了成妖的李君心。

「這就是天帝的雙生女呀？真可愛。」頎長的少年彎著腰，笑咪咪地伸出手，「嘖嘖，長大不知道要破碎多少人的心呢！這樣好模樣，果然是龍后的女孩兒。」

「開明，別惹亂了，天帝的公主你也要調戲？不說年紀這麼小，好歹你也尊重一下人家是公主！」白衣青年無奈地制止他，「雖說龍后是你姑媽，好歹也守一下帝王家的規矩！」

「我又不是帝王家，守什麼規矩？這可是誇獎。」還是少年的開明正色，又笑笑地問：「這個是姐姐？姐姐，妳叫什麼名字？」

這對模樣幾乎相同、粉雕玉琢的小女兒，姐姐的神情顯得比較溫潤和藹。「我叫女媧。」笑起來稚氣未脫，一派天真。

「那個板著臉的妹妹呢？」開明頗感興趣地看著嚴肅的小公主。她神情冷淡，雖是稚兒模樣，卻有著女人的眼神。

成熟、高傲，漠然矜持的眼神。

「問人名字，不該先通報自己的名字麼？」妹妹冷冷地回他。

「對喔，是我失禮了。」開明拍拍頭，故作鄭重，「我是開明，和長庚同掌清晨。」

妹妹凶猛地看了他幾眼，「我是玄。」

清冷泉畔，少女巫神正對著天柱默禱。

她是玄。即長就被天帝遣來看守天柱，但她對這樣的宿命從來不曾哀嘆，相反的，她一直是自傲又自豪的。

即使是長她一刻的姐姐，也只能當島主的侍女，而她，尊貴天帝的小女兒，卻是看守世界命脈的少女巫神。

她背脊挺直，心境光亮無塵。出身於最尊貴的天帝家，連她的母親也是來自最古老的伏羲族公主，她與姐姐誕生時，天地震動，神威直衝九天，甫出生就與父母的大能相彷彿。

她自傲，但也自矜。不管在什麼地方，她都是天界公主，少女巫神。

「看起來妳氣色不錯呀，玄。」她默禱方畢，身後就傳來爽朗的笑聲。

「八百里外就聽到你展翅的聲音，想嚇唬人還是去多練練吧，開明。」她連頭也沒轉，冷冷地應了幾句。

「嘖嘖，這麼好的模樣，卻這麼兇的語氣，將來誰敢娶妳？」開明搖了搖頭。

「誰有那資格能娶我？」她撇撇嘴，「來做什麼？先去瞧過我姐姐了？」

「沒做什麼不能來瞧妳？」開明掏了個小布包，「在織女那兒看到她們弄了精緻小玩藝兒，弄來給妳玩。這是妳的。」他打開來，是彩雲紡紗又裁剪的精妙堆紗宮花，他將較豔麗的給了玄，留下樸素些的。「這是女媧的。」

拈著宮花，一陣異樣的心情湧上來，惹得她又羞又怒，將花一摜，「你拿這勞什子譏我庸脂俗粉，不如姐姐清雅麼？」

「妳就這麼多心眼。」開明責備著，彎腰去撿宮花。「瞧瞧，我當值還沒換衣呢，瞧見好玩的東西就趕著給妳們送來，老愛說我偏心，我可不先來看妳？論親，妳母后還是我姑媽呢，只是我很不愛攀這種親戚關係，但就兩個妹妹，我不多疼妳們又能疼誰？」

「你、你不用說得那麼好聽，誰是你妹妹？」玄有些慌亂，遇到這位表兄，她本有的安穩都蕩然無存，「你若愛姐姐，早些去瞧她吧，我還有早課要做呢。」

「妳啊，多心多眼又彆扭。」開明將宮花插在她鬢邊，「將來怎麼好呢？」

正要發脾氣，開明也不哄她，就展翅飛走了。

天柱折，地維絕。

一生的心血都付諸東流，痛苦莫名的玄回到人事全非的天界。

諸聖夢產日月星辰、眾生萬物，妾不可產天柱乎？

這樣的念頭一直在她心中盤桓不去。

她聽姐姐轉述過，古聖神由至聖所出，日夜星辰、眾生萬物都是因夢而生產，如果至聖能因此創作世界，爲什麼她不能生下天柱？

天柱並不眞的是根支撐天地的柱子，而是一個歸依，一個羅盤。她在天柱折斷的瞬間，抓住了殘留的天柱精魄，如果適當的修補，說不定可以用胚胎的方式再出生。

精疲力盡的父皇看中了一個偏遠地方的小神準備禪讓，她同樣也看中了他。

那個叫作雙華、粗鄙的地方武神，卻擁有充沛的神力，而且，他的神力和天柱非常接近，宛如一體。

雙華有元配，她不在意。那個女人不過是個養蠶的宮女，有什麼好掛懷？她用了禁忌的媚藥，得到她要的結果。

最後，她生下了天孫，成了西王母。

她原以爲，就是這樣了。她不會有其他的情緒，這就是她的使命，她所有的願望，但她聽到開明與螭瑤訂親的時候，卻失手打破了茶盞。

「這種事情你爲什麼不跟我商量？」她失控地找開明大吵，「螭瑤不過是個迷戀你的小孩子她懂你什麼？你怎麼可以隨隨便便和個小孩子訂親……」

「那妳去迷惑天帝的時候，找我商量過嗎？西王母娘娘。」開明譏諷地笑，「這就是妳要的？抓著帝王家的關係不放？」

「我不是爲了帝王家的關係！」玄大吼，「我是爲了存續天柱……」她啞然，狼狽地轉過頭。

「果然。」開明氣餒地嘆口氣，「玄，夠了，妳既然達到目的，可以放手了。我越來越不認識妳了……妳在做什麼啊？莫名其妙地迫害了許多人，或者亂七八糟的所謂整肅，我眞不懂……」

「你懂什麼？」玄咬牙切齒地說，「不這樣我早就被鬥倒了！天柱還沒有長大成爲天帝之前我不能放手！誰敢挑戰我誰就該死……」

「若我要妳跟我走呢？」開明也大聲了，「跟我走啊，玄！天柱不一定要成爲天帝吧？我發誓會視若己出地愛護他，難道我們就不能隱居，像妳過往那樣安靜地看守天柱嗎？妳若答應跟我走，我就退掉螭瑤的婚事！」

她瞪著開明，「你不了解，你什麼都不了解，天柱唯有成爲至高無上的權力才眞的可以保全。我受夠了！我……」

你爲什麼不早點要我跟你走？

「妳太偏執了！我跟女媧談過……」他啞然。

電光石火中，她望著緊閉雙唇的開明，「妳找我姐姐談過這件事情？你還跟多少人談過？這個祕密還有誰知道？」

「沒有其他人。」

瞪著開明，玄狂暴地掙扎起來。天柱還在襁褓中，她的地位還沒穩定，她的姐姐知道，她的開明也知道，這會是她最嚴重的弱點。

「你發誓，你發誓你絕對不會說出去！」她對著開明吼，「你馬上給我離開天界，去下界守崑崙！不要逼我殺掉你！不要逼我毀滅母后一族！」

「玄！西王母玄！」披頭散髮的開明赤紅著眼睛，闖入鳳宮，多少神官的阻攔都不起作用，反而讓他打倒在地。「妳說清楚，說清楚啊！爲什麼夔族全族梟首？刑天一人有罪，罪及全族？」

玄頭戴沉重鳳冠，緩緩地站起來，睥睨著他，「我令你看守崑崙，誰讓你歸天？」

開明咬緊牙關，終究還是暴吼出聲：「官逼民反！若非你掏了老夔龍的內丹去當藥引，刑天何以會起而反抗？老夔可是刑天的爹，眾夔族的祖宗爺爺啊！夔族一直盡忠職守，犯了什麼錯？妳何以……」

「我不去掏老夔龍的內丹，難不成讓我去掏咱們伏羲族族長的內丹？」玄冷冷回應，「還是讓我押你去月泉，好方便螭瑤刑了你？」

好一會兒，開明才從牙縫擠出聲音，「這跟螭瑤沒關係。」

「你不想讓螭瑤搭上關係，就閉嘴回崑崙。看在母后的份上，我就不計較你喧鬧宮廷的罪過。」

「……我越來越不認識妳了。」他拂袖而去。

玄漠然端坐在鳳座，倔強地昂著頭。她懂開明，開明會轉去向天帝求情。

她趁天帝巡視邊疆的時候，迅雷不及掩耳地滅了夔族，天帝回來大爲震怒，險些廢后。她也是這樣倔強的，一言不發。

天帝的身體不行了，而她辛苦生下、傾力撫養的天柱皇儲，卻違逆她，墮落成一個最敗德的天神。

在皇儲還沒清醒之前，天帝不能死，就算用多麼殘酷的藥引，她也必須保住天帝的命。就是因為她也不想染上太多血腥，才會命令老夔龍交出自己的內丹。

誰知道這些無知低賤的爬蟲居然反抗她，逼她不得不痛下殺手。

這不是她願意的，事情不該是這樣，她想著。連開明都用這種眼光看她，像是在看一個魔頭，她忍受不了這個。

「你別想跟螭瑤成親。你給我永遠守著崑崙。」她喃喃著，緊緊抿著唇。

夔族被梟首的族民，廢貶成妖，依舊保留若干神性，擁有極佳內丹，改稱「飛頭蠻」，但因懷璧其罪，幾乎被眾生滅絕。

哀痛的開明接受了這群可憐的遺族，細心照料，希望可以稍微彌補玄的罪過。

但不久，授命於王母的大神重與黎，要求開明交出所有的飛頭蠻，因爲王母要飛頭蠻的內丹做爲藥引。

這引發開明的暴怒，他力戰而死，最後他的屍身和崑崙融爲一體，誰也舉不起來。

他不願走，這是他最後的抗議。

但他可以不走，卻不能阻止玄來。

在一個無月的夜晚，玄私離天界，面無表情地要太白星君將不死藥覆在開明身上。

「……開明既死，其罪當贖。」長久的操勞，讓太白星君蒼老得極快，不復當年英姿煥發，「不死藥就算可歸攏他的魂魄，也可能成爲怪物……」

玄冷冷地打斷他的話，「星君，別人不懂我尚可，連你也要違逆我？」

太白星君安靜片刻。他最明白王母接近瘋狂的苦心，雖然不贊同，但他也沒有更好的辦法。嘆口氣，他將不死藥覆在開明的屍身上。

開明的魂魄歸攏，沒有成爲怪物，但他卻異樣地進入「化人」階段。

玄凝視著化人後的開明，「我不會饒恕任何違逆我的人，包括你。」

「連死亡的安寧都不給我？」他似笑非笑，「我寧可死了，也省得看妳越來越醜惡不堪，當年高傲的少女巫神……」

「閉嘴！」玄將最惡毒的咒打入他的氣海之中，「你生生世世都短命早夭直到永遠！我永遠不會跟你見面了！」

「有一天，我會成仙，上天抹殺妳的暴虐！」開明怒吼，「把我乾淨的少女巫神還給我！把我高傲卻單純的妹妹還給我！」

「閉嘴閉嘴！我不要再聽了！」玄扼住他的脖子，「你沒有機會，永遠沒有！當你見到我的時候，就會自爆氣海，走火入魔而死！」

開明幾乎氣絕，卻依舊恨恨地瞪著她。

「你爲什麼不求饒？你說一句話就好……我就饒了你。」玄的聲音意外地軟弱下來，「難道……難道你從來不曾……愛過我？」她的聲音越來越低微，只有開明聽得到。

「我一直都愛妳。」他浮出一絲微笑，「像是愛自己的親妹妹一樣。」玄的表情空白了一會兒，暴虐地將他擲入星君的懷裡。

「徹底封住他的靈智，讓他受刑後進入輪迴！」她斜眼看著太白星君，充滿清醒的瘋狂，「你什麼都不知道，對吧？」

「……老臣什麼都沒看到。」星君低下了頭，蒼白的頭髮在風中微微顫抖。

第二章 天之傷，月之淚

冰冷的水珠滴在他滾燙的額頭上，在幾乎爆炸的劇烈運轉之後，這種沁涼不啻是種恩賜。

許多錯綜複雜的情節在他腦海翻湧，他幾乎因此溺死。

他聽到女人的哭聲。

「……你答應過我！若我乖乖守碧泉，對哀傷夫人奉獻詩歌，當開明成仙返天的時候，你就會救他！」

……螭瑤嗎？那個小小的、總是躲在後面看他，一直癡戀著他的小小龍女嗎？

「當時我是天帝，而妳效忠的對象也是天帝，不是嗎？」冷冷的笑聲。

……這似乎是那個敗德天孫。

「我、我……求求你，他快要死了，求求你……」螭瑤不斷哭泣，「求求你呵……」

「我是個記恨的人，妳記得妳曾怎樣違抗過我嗎？」帝嚳的聲音很悅耳，卻帶著一絲毛骨悚然。「不過，我倒沒想到那孩子是開明的轉世啊，更沒想到他和我母后有這麼一段……真是大開眼界。」

他笑了起來，卻沒有歡意。

從某個角度來說，他倒是和他母后相同，走著相同崎嶇的情路。當這孩子躺在面前，滾燙著過往的記憶時，他也跟著觀看了遙遠的過往。

一開始只是個微小的瑕疵，然後越來越歪斜，越來越瘋狂，越來越混亂，歲月如梭與線，交錯穿織成這幅不忍卒睹、名爲「命運」的醜惡地毯。在腳下，無止盡的蜿蜒，看不到盡頭。

「哼。」他彎起一抹冷笑，「孩子，抬頭看看我懷裡的人兒，你還認得麼？」

開明……應該說化妖的君心，吃力地睜開眼睛，望著帝嚳懷裡木然的女孩兒。

「……小咪。」他站不起來，但沒有關係，他還可以用爬的，「小咪。」

帝嚳睜大了眼睛。前世的記憶復甦，但今生記憶還在，執著也還在嗎？

「你就是……什麼都不肯放棄是嗎？」他大笑起來，「你很貪婪，你非常非常貪婪！」

「……把小咪，還給我！」他緩慢地、極端痛苦地爬著，用僅存的生命力，「還給我。」

「玄，還是殷曼，甚至是小咪，你都不要放棄對吧？眞是令人憐愛的愚蠢。」帝嚳站起來，讓小咪坐下，居高臨下地看著還在掙扎的君心，卻對著螭瑤說：「看到沒有？他貪婪的對象裡頭沒有妳。」

「他沒瞞過我任何事！」螭瑤大怒，「我早就知道了！他只要願意像妹妹一樣憐愛我就可以了！他是我求來的，是我此生最美好的一切，是我貪他不是他貪我！我只求你救他，要我付出什麼代價都可以，我只求你救救他！」

「哼哼哼，哈哈哈哈，嘿嘿嘿嘿～～」帝嚳狂笑了一陣，「我救他，畢竟他答應我的事情還沒完成。我還等著將他和完整的飛頭蠻一起打造成完美的神器……」

當帝嚳將滑潤陰冷的手放在君心額上時，他訝異，這樣極度敗德的天神卻讓他混亂自我攻伐的氣完全統一起來，連因爲氣海爆炸而幾乎銷亡的飛劍都活躍回歸，像是極度美妙的交響樂，因爲帝嚳的指揮，奏出直達天籟的和諧。

君心闔上眼睛，昏睡了過去。他沒有恢復原形，或者說，他現在的妖化狀態就是他的原形，雖然帝嚳統一了他身體紊亂洶湧的氣海流向，但他的肉體還需要時間適應這新生的強大力量。

小咪注視著他，木然的瞳孔出現一絲哀憐。

「哼哼，我救他呢。」帝嚳冷笑著坐下，將小咪抱在懷裡，「我答應妳，妳一定會跟他重逢……在我的神器裡。」聲調不自覺地柔和。

小咪依舊不言不語，只是微偏著臉，抬頭望著宛如天之傷的弦月。

帝嚳注視著她瞳孔裡的月光。「我呢，一直都最討厭人家管我的閒事，母后，我想妳也知道吧。」

西王母從陰暗中走出來，「我找遍天界，居然是讓你這逆子藏了起來！」

一股霸道的狂風夾帶著暴風雪，將隱形的結界凍得晶光閃爍，像是一只倒扣的大琉璃盆，也將王母隔絕於外。

「我的玩具，可不容人搶。」帝嚳露出陰森的笑容。

王母瞇細眼睛，舉起滅日刀。

帝嚳的從容冷笑，很快就轉為驚愕。

或許他被拘禁束縛，對狐妖女族長管寧的妖術結界和都城管理者的封令沒有辦法，但這不是他弱，而是她們持有的能力剛好相剋到他而已。

他很清楚自己的能力。他擁有讓力流歸順或混亂的天賦，而所有的萬物，都存在著力流，除了極少數的例外，他簡直是無敵的。

管寧的結界內是「眞空」的，沒有力流存在，所以可以隔絕裂痕的擴大，但也可以隔絕帝嚳的影響；管理者的天賦來自於都城，而魔性天女的力流非他所能左右；至於能夠禁錮他的天帝，是因為天帝的能力凌駕一切。

除此之外，他不將任何人放在眼底，包括生下他的母后。

但王母持著那把閃著不祥光芒的銀刀，居然破除了他的結界。

「滅日刀。」帝嚳輕喃著，迅雷不及掩耳將昏迷的君心摔進螭瑤的懷裡，然後恢復從容不迫的冷笑，「妳終究還是決定殺了我，卻可保住天柱不滅，是嗎？我不得不說妳這是個睿智的抉擇。」

王母臉變色了，她深深地被刺痛，「……別逼我。嚳，讓我結束那畜生的性命！」

「妳現在要殺他，當初又何苦救他？」帝嚳嘲笑著，「說到底，妳只是不甘願而已。」

「閉嘴！嚳，別逼我，別逼我！」王母怒吼，「爲什麼你們每個人都要逼我？」

她揮動滅日刀，想逼退帝嚳，帝嚳卻一言不發地抓了把狂風凝成刀刃，架住了滅日刀。

他知道這把刀。當初他被流放人間時，意外得到「不周之書」，那是玄女原本要寄給女媧的信件，卻在戰禍中遺失。當他閱讀過整個玉簡之後，許多謎團都得到解釋。

身爲皇儲的帝嚳不一定要存在。害怕失敗的玄女將天柱精魄的死門煉成滅日刀，當作自己的兵器，只要用滅日刀刺殺帝嚳，就可以將帝嚳還原爲天柱，人格徹底消滅。

這是預防萬一產下畸兒，還有最後挽回的餘地。

「現在，妳覺得瘋子和畸兒，哪個比較好呢？」帝嚳譏誚地說。

王母的瞳孔整個發出紅光，她臉孔扭曲，對著帝嚳砍了三刀，卻都讓帝嚳擋了回去。

她披散著頭髮，臉色森冷下來。「這不關你的事，嚳。」

「沒錯。」帝嚳的聲音很愉悅，「但是，我想死。」他肆無忌憚地衝上前，發出耀眼的白光。

王母像是籠罩著熏銀的黑暗，和帝嚳交起手來，他們出手極快，幾乎看不清楚他們的身形，巨大的神威互相碰撞，激得螭瑤根本站立不住，只能抱著君心貼在結界上，連呼吸都非常疼痛。

廣大的南獄像是被龍捲風侵襲過一般，瓊樓玉宇宛如沙堡般侵蝕崩塌，連斷垣殘壁都留不住，紛紛風化成玉塵，原本廣大華美且堅固的宮殿庭園，瞬間成了大片沙漠。

讓堅固結界禁錮柱的沙漠。

原本狂怒的王母漸漸冷靜下來。她恨，她的確極恨帝嚳的違逆，但這是她唯一的兒子，不僅僅是她看守一生的天柱。她爲了這孩子背了太多血腥、犯下無限錯誤、造成無數歪斜，她幾乎付出自己的一切和丈夫的一切，才得到這個結果。

她不願意承認，但不得不承認，她終究是個女人，終究也不過是個母親，再不肖再敗德，帝嚳還是她的孩子，她唯一的孩子。

她可以殺他，但她殺不了，相反的，她願意犧牲這世界的一切，保護她的孩子，即使是她深愛過的開明。

見到開明的轉世，她深深感到膽寒。促命而頻繁的轉世，居然沒有磨損他絲毫靈能，從小和他一起長大，她完全知道，開明只是生性謙和，懶於修煉，他可是擁有伏羲族最完整的遺傳。

而這個懶於修煉的開明，卻滅了她精兵十萬，才力戰而死。

若他修煉呢？得回記憶的他，若開始修煉呢？她要終止這個危險的可能。

她迴刀，劈向帝嚳懷裡眼睛眨也不眨的飛頭蠻。

帝嚳果然變色揮袖格擋，向後退了一步，就這一剎那的時間，王母搶到那個空檔，滅日刀化成一道白虹，直奔剛剛甦醒的君心。

但滅日刀沒有貫穿君心，而是貫穿了擋在前面的螭瑤。

這就是君心甦醒後看到的景象——螭瑤飛馳在他面前，透胸的白虹讓她猛烈反弓，隨著絲緞般長髮飛揚的，是片片桃瓣，飛濺到他的臉頰上。

不是桃瓣，而是鮮豔的血。

愕然抱住頹倒的螭瑤，她居然還在微笑。「這下，你心頭永遠都有我了。」

「螭瑤！」君心悲痛地大叫。

她吃力地轉動眼珠，抱緊君心，在幾乎死去的重傷中，她落淚，呼喚碧泉，而泉水也回應她的呼喚，將他們接引到月宮的碧泉中。

螭瑤不斷咳嗽著。

可以滅殺天柱的滅日刀當然也可以貫穿神祇，即使是侍奉悲傷夫人的碧泉刑仙，也不例外。透胸的傷口並沒有流出太多血，卻因爲力流混亂而攻伐，漸漸擴大崩解。

腦筋依舊一片混亂的君心抱著她，眼睜睜看著她的淚和血一滴滴滲入碧泉。他剛剛得回開明時的回憶，這些龐大而鮮明的回憶排山倒海，時序錯亂地在他腦海盤旋，他還來不及消化，就見到記憶中的螭瑤爲他而死。

「……我一直對不起妳。」君心痛苦莫名，「原本妳跟這一切都沒關係，我愧對妳，我愧對妳……是我把妳拖入這團不幸中……」

螭瑤咳著，表情很複雜，她溫度漸失、依舊柔潤的手輕輕扶著君心的臉，「……若我問心有愧呢？」

她劇烈咳嗽起來，痛苦讓她美麗的臉孔扭曲，喘息了好一會兒，她氣若遊絲地笑，「其實，我早就希望這個樣子了。比起死，我更怕你恨我，因爲我問心有愧。」

飛頭蠻的滅族大禍，是她推了一把，但她沒想到這造成了開明的死因。她沒有一天不祈禱，希望可以扭轉這不幸的過去，沒有一天不希望，她能代替開明死去。

她問心有愧……

雖然她是碧泉刑仙，不能離開天界，但長久的分別讓她再也忍不住，她偷偷地經由碧泉通往人間，想去探望看守崑崙的未婚夫。

但她看到，她的開明，溫柔地安撫正在哭泣的女飛頭蠻，懷裡還抱著幼年的飛頭蠻，雖然開明跟她解釋，這些是遭刑流放的夔族，那個容顏嬌弱的女飛頭蠻是故族長的妻子，殷曼是族長的女兒……

被妒火煎熬的她，卻什麼也聽不進去，憤然回天。

時時刻刻，每日每夜，她飽受折磨，她不斷懷想開明和那個寡婦之間的曖昧，隨著想像而日漸醜惡。

是她。是她向憂心的王母獻策，建議用飛頭蠻的內丹續天帝的命，她說，既然對神祇下手會引起反抗，爲什麼不對妖族下手？反正他們是罪族。

直到開明的死訊傳來，她才知道自己做了什麼可怕的事情。

我問心有愧，我問心，有愧。

「但我不告訴你原因。」螭瑶的聲音越來越弱，「我不告訴你，我不要……告訴你。可以嗎？你心頭一定要有我，可以嗎？」

哀慟的君心愣愣地點了點頭。

她湧起此生最美麗的笑容，如釋重負般呼出最後一口氣，她融蝕進碧泉，想挽留她的君心，只得到臂上的幾點水痕。

也可能是，淚痕。

漣漪蕩漾，又歸於平靜，像是什麼也沒發生。他愣愣地看著水面，卻看到一張人類的臉孔，他的心宛如撕裂般劇痛，只能愣愣地望著水面倒映著的，清秀的人類臉孔。

那是人類李君心的臉孔。經由碧泉，他想起憂悒卻淡然的殷曼，他得回李君心的記憶，同樣的，他也存在著開明的記憶。

我，是誰？我到底是開明，還是李君心？

兩世混雜交錯，巨大的悲痛和哀傷讓這種混雜更混亂，像是兩個不同的靈魂，爭奪著相同的軀體，他顫抖，淚下，幾乎無法動彈。

當天界大軍包圍了他，他依舊陷在這種整合不能的狀況下。美麗的西王母，和少女巫神時相同的容顏，卻在眸子裡染上太多血腥和陰暗，當她舉起滅日刀的時候，他模模糊糊地回憶起一些無關緊要的小事……

「你喜歡玄吧？」女媧嘆息，「你若喜歡她，爲什麼不早說？」

「我也喜歡你啊，女媧。」開明搔了搔頭，「但我實在不懂什麼是『愛』，爲了一個人茶飯不思的感覺，我一直無法體會。我喜歡她跟喜歡妳是一樣的，也跟喜歡螭瑤差不多。」

「……那你還想要她跟你走？」

「女媧，她不快樂啊！若她這麼做很快樂幸福，我會很高興，沒事還去看看她、逗逗她，但她一點都不快樂。若她眞的那麼喜歡我，那我願意帶她走啊，只要她快樂就好。我眞的不忍心看她變成現在的模樣啊……她曾經是個多可愛的少女……」

「你這種溫柔，一定會出大問題的。」

他混亂的腦子，只得到這種結論。只是希望她快樂，這樣，錯了嗎？看著玄一步步走過來，殺氣濃重得幾乎摸得到，當年純淨的少女，今天已經徹底染污了。

終歸到最後，是他錯了嗎？

「你別想逃。」王母衝了過來。

妖化的君心迎風一展，恢復成巨山般的眞身，對著王母發出驚天的嘶吼，與王母和她帶領的眾天兵天將，展開一場大戰。

最後，在被滅日刀重創後，他跌入碧泉中，碧泉像是沒有底，讓他不斷沉淪而下。

螭瑤已死，碧泉應該沒有作用才對！王母心頭一凜，咬牙切齒起來。

「這潑泥鰍，死了也要跟我作對！眾將聽令，與我同往人間征討！」

隨軍的角宿愣住，「王母娘娘，封天絕地就是因爲裂痕……」

「剮龍台上，你也想挨那一刀嗎？」王母的神情異常可怕。

角宿閉上了嘴，雖知不祥，還是默默地跟隨王母與大軍，經過碧泉通往人間。

碧泉原是螭瑤的眼淚所凝聚，而她死後也葬身於此，這成了她的思念，她的遺願，成了將君心渡往人間的通道。

但卻相當程度地干擾了王母和大軍的前進。

鐵青著臉的王母咬破舌尖，將血吐在滅日刀上血祭，刀鋒乍亮，割裂了碧泉。

這汪刑仙的碧泉，各界的通道，甚至可以直抵悲傷夫人的泉水，竟然因此枯竭乾涸，像是被曬乾的眼淚，點滴無存。

顧不得封天絕地令，王母和數十萬天兵天將，氣勢洶洶地降臨人間。

像是感應到不平衡的神威，大地呻吟顫抖，鎮日滾著微弱的地鳴。

王母冷著臉，聽取仙官們的情報，眼睛危險地瞇細。原來，開明的今世，就是取走「不周之書」的人類，他生前維護的飛頭蠻遺孤，現在成了他的師父。

可笑的輪迴，可笑的宿命，但也是太危險的輪迴，和太危險的宿命。

「我不想殺生過眾。」她冰冷地開口，「用天羅地網將中都困起來。」

這樣叫作「不想殺生過眾」？角宿不忍地抬頭，正要開口，觸及王母霜寒的眼睛，他的心猛然一縮，閉上了嘴。

幾千年前，他跟著青龍老大出使魔界，魔君至尊意外地深沉內斂、雍容大度，居然和天帝有種奇妙的類似感，同時，魔界裡，與魔君對立的異常者女王也遣密使希望和天界使者面晤。

那是次可怕的經驗。

女王是個孩子般的少女，面容姣好嬌豔，談吐也頗爲不俗。她的城池壯大，頗有野心，給予天界的條件也非常豐厚——只要援助他們打敗魔君，他們將完全撤出人間，並且徹底放棄冥界的干涉權，不再收納人魂，並且稱臣降伏，定期納貢。

但他戰慄，非常恐懼的戰慄。異常者女王的瞳孔裡有種瘋狂的清醒，看久了會頭暈，像是有無數低語輕喃：殺戮、毀滅、殺戮、毀滅……

只剩下通往虛無的毀滅。

青龍老大據實將出使報告呈上去，王母一直很心動，但青龍老大意外地爭辯、發怒，力陳若王母想要支援魔界異常者，他就不想幹這啥勞子的眾鱗之長。

王母後來讓步了。他也很久沒想起那個讓人毛骨悚然的女王。

但現在，王母的表情……和異常者女王的神情，居然意外地相似。她們都發了瘋，眼中只有殺戮和毀滅，但她們卻有種瘋子的細膩和清醒，精準而殘酷地執行毀滅與殺戮。

「啓稟娘娘，天羅地網困不住妖孽，再說此城上百萬生靈……」他軟弱地希望王母改變主意。

王母冷冰冰地瞥他一眼，拔下一把頭髮，化成一團扭曲的黑蛇，紛紛飛上各個令旗。「傳我令旗，安下天羅地網。他受了重傷，我不信他有那能耐脫逃，寧可錯殺一百，不可錯放一個！」

眾天將得令，紛紛取了令旗去，王母將滅日刀啣在口中，伸出雙手向天，發動了籠罩整個中都的巨大黑暗羅網。

像是無數閃電由地面往上冒，這異象讓人們驚呼走避，整個城市混亂如世界末日降臨。

如她所料，滿身是血、行動蹣跚的君心，立刻衝了出來，喘息著，眼中充滿絕望和憤怒。「妳要的只是我的性命，放過這些無辜的人吧！」

「你引頸受戮，我就考慮。」王母冷冷地回答。

「我不要『考慮』，我要『保證』！」君心怒吼。

王母望著他，嬌豔地笑了。「我保證……我會毀了整個中都，讓你再也無法威脅我。」

君心撲了過去，失去理智又重傷的他，險些讓滅日刀劃開胸膛，猛然，他後頸被抓住，朝後一扔，六只皎潔雪白的巨大羽翼拍擊，楊瑾化身爲六翼死亡天使，持著一人高的薄鐮刀，佇立在王母之前。

「殺人不過頭點地，王母娘娘何苦欺人太甚呢？」楊瑾淡淡地說。

王母驟然變色，「我東方天界的家務事，輪得到他方天界插手嗎？還是一個卸任待罰的死亡天使！」

「這我可不知情。」楊瑾聲音依舊淡淡的，「我只知道，這孩子若有個三長兩短，我的養女會心碎，爲了女兒的眼淚，當老爹的，也不能不拚上一拚了。」

「你找死！」王母雙目如電，神威不受控制地張揚、擴大，強烈至極的神威讓原本微弱的地鳴轉爲劇烈的地震，無法進出、讓閃電環繞的中都又遭逢劇烈的地震，樓房倒塌和哭喊，讓原本文明現代的中都成了恐怖的煉獄。

輕嘆口氣，楊瑾揮下薄鐮刀，干擾王母旺盛的神威。

他和六翼的死神先生相同，都是同樣擁有六只翅膀，原本可以成爲天使長的六翼天使。爲了相當接近的理由，他們都棄絕了高貴的身分，成爲死亡天使和死神。

就因爲戀慕著短命脆弱的人類，戀慕著又邪惡又聖潔的人類，他們自願放棄原有的崇高。

但他們依舊是六翼天使，依舊是僅次於天父的天神，抗衡王母或許還是太吃力，但楊瑾並非不堪一擊。

他決定忽視未來可能的嚴酷處罰，動用了自己的神威，展開六只巨大的羽翼。

第三章　墮天

當滅日刀和死神鐮刀互相碰撞的時候，天地爲之震動哀鳴，眾生股慄逃竄，人們擁抱痛哭，束手無策。

楊瑾的瞳孔中湧出傷痛不忍，王母卻因此滿意冷笑。

他會輸。王母默默地想著，這個可恨的六翼天使會輸，因爲他有弱點，他的弱點是看不得人類或眾生受苦。這樣軟弱如人類的天神，也想跟她相持？

她，可是連自己的丈夫都拿來獻祭，奉獻自己和他人的一切，付出極度代價的西王母玄！

想要得到什麼，就得付出什麼。她既然決心保住整個世界，跟這樣偉大的目的相比，所有的犧牲都小到可以忽略。

你懂什麼？你們懂什麼？你們這些犬儒、微善、懦弱的傢伙，懂我什麼?!

她激昂的神威更引發了羅網的束縛，地底竄出的閃電更旺盛，驚慌哭號的人群在她眼底宛如螻蟻。

但意外的，「懦弱」的六翼天使卻犧牲一只翅膀纏住滅日刀，毫不猶豫地試圖收割王母的生命，雖然他沒有成功，卻在王母的頸上留下淺淺的血痕，若不是滅日刀融蝕了翅膀，恐怕已經被奪刀。

破碎的翅膀羽毛零落，飄揚若六月雪。這些羽毛像是流星般飛逝，紛紛刺殺了令旗上的黑蛇，使得羅網的威力大為削弱，閃電也漸漸消失。

王母變色。她雖然擁有睥睨三界的大能，但她的實戰經驗實在很不足，她太倚賴自己的神能，這反而成了她的致命傷。

毀滅了一只翅膀，楊瑾的神情卻很平靜。「我在東方數千年，不是一點事兒也沒做。」

他一直為基督天界收集資料，他很清楚王母的能力，但王母對他一點也不了解。毀了一只翅膀，或許讓他飛行稍微失衡，神威上受創，但拿來破解羅網，很值得。

「我看你有幾個翅膀可以毀！」暴怒的王母將滅日刀一分為二，持著雙刀砍了上來，楊瑾勉強回防，左支右絀之下，冷不防王母的長髮疾刺如鞭，直取他的雙眼，一疏神，他躲過了左手的刀鋒，卻沒躲過右手的刀鋒，讓王母又卸去了一只翅膀。

但那折翼，反而發出強烈的白光而爆裂，雖然只讓王母受了些擦傷，箭矢般的白羽疾馳卻再次重創了令旗，羅網又更弱了幾分。

摸著臉頰上的血，王母的憤怒完全沸騰起來。

爲什麼……爲什麼每個人都想要阻礙她？爲什麼？難道他們不知道，除了她，沒有人可以讓世界延續下去嗎？爲什麼阻礙她?!

她發出尖銳的絕叫，不再壓抑神威。她成爲一團純黑的火焰，像是被混沌的火焰包圍纏繞，原本黯淡下去的令旗重燃，羅網更衝破了天際，被這劇烈的神威衝擊，楊瑾氣血翻湧，忍不住咳了一聲。

滿掌的血。

多少年……沒看過自己的血了？沒想到，這麼多年，他的血也跟人類一樣，是鮮紅的，哀傷的豔。

但他不能退。只希望……他將君心擲得夠遠，安放在殷曼身邊的結界，夠堅固。

一步也不能退。

他抓著死神鐮刀，衝上前，和環繞著不祥火焰的西王母，交戰。

宛如末日。

殷曼抬起頭看著環繞詭異深紫的天空，深深痛恨自己的無能為力。

楊瑾叔叔一言不發地將她的周遭安放下結界，就變身飛走，魂魄不全的她，卻什麼忙都幫不上。

我無能為力。

她很想哭，抱著膝蓋，她只能坐在結界中，憂傷得連頭都抬不起來。

君心去的地方，叔叔去的地方，她都去不了。

曾是卓絕的天才大妖，讓現在的絕望更絕對。

「妳是想繼續在結界裡哭呢？還是做點妳能做的事情？」冷冰冰的聲音在她背後響起，幽魂屋主憂鬱地看著她。

「……我什麼都不會。」殷曼軟弱地、絕望地說。

幽魂屋主浮出一絲譏諷的笑。「那麼，妳就只好等妳的人回來時，沒有可以回的家。」

殷曼怔怔地看了她一會兒。這個城市，是叔叔的家，是她和君心的家，就算是多撐一秒吧……她也該多撐一秒，讓叔叔和君心回來的時候，還有家可以回。

她站起來。

「踏出結界，妳可能會死。」幽魂屋主冷眼看她，「這次妳不一定有那種運氣。」

「沒有可以迎接的人，我一個人活著做什麼？」她笑笑，踏出結界，然後開始祈禱。

不管是誰，聽聽我的祈禱吧！如果你還喜愛這個城市，如果你還有需要保護的人，聽聽我，發自內心深處的祈禱吧！將你們的力量借給我，哪怕只是一絲一毫也好。

保護我們的城市，保護我們的家。

她的「念」虔誠地增幅出去，直達眾生與人類的心底，被困在城裡的蛟族族長轉頭，連同無數妖族，一起向殷曼的方向轉頭。

一個薄弱的結界如霧般，試圖隔絕黑暗羅網的傷害。這樣薄弱、纖細，卻充滿虔誠純眞的祈願。

無數倒塌的樓房，漸漸毀滅的城市，他們困在神祇陰險的神威中，無法離開，只能眼睜睜等待滅絕。

如果，如果那個宛如斷垣殘壁的千年大妖，都願意試圖保護這個城市，保護無辜的人，爲什麼他們不能？

他們不再試圖逃離，而是坐下來幫助殷曼鞏固、擴張保護結界，連人類都受到無聲的感召，對著溫暖的薄霧祈禱，貢獻他們的念。

薄霧漸漸輝煌、光燦，讓疼痛的大地漸漸寧定下來，雖然天空依舊盤旋著深紫，雖然無法停止恐怖的閃電，但他們的確感到一絲絲的希望，一種可以活下去的希望。

一直冷眼觀看的屋主，幽幽地嘆了口氣，她飄飛起來，柔弱如柳絮，但這抹幽魂不但穿出了殷曼等凝結而成的防護結界，還穿出了王母堅固的羅網。

然後擋在毀滅了三只翅膀的楊瑾之前。

「玄，夠了吧？妳也……該夠了吧？」她憂鬱地看著瘋狂的西王母。

楊瑾一身是血，連飛翔都很勉強，也驚異地看著這位神祕的幽魂。

「區區一個人魂，也敢擋我的路？」西王母怒吼。再給她一點時間，她可以殺了這個不斷干擾她的六翼天使。

「哼哼，區區一個人魂。」幽魂屋主冷笑著，「玄，妳我相處上萬年，天柱就在我的城市裡，妳現在可跩了，可以說我是『區區人魂』。」

西王母的臉孔發白，嘴唇顫抖，環繞著她的火焰熄滅。「妳以為妳鬼扯就可以騙倒我？初代早就死了！」

「我是死了，連同我的城市一起死了。」幽魂屋主漠然地應，「列姑射島也沒了，就剩幾顆小石頭。我卻離不開這裡，離不開我城市的舊址，即使成了幽魂，還是在這裡。這真是一種可笑的宿命。」

當列姑射島還很年輕的時候，誕生了第一個擁有魔性的城市。

這是個令人驚奇的存在，擁有靈魂的城市，自然與人工的完美結合，由自然精靈所孕育，城市凝聚的精魄不受任何人管轄，甚至不在創世者的規則之內。

創世者憐愛地當作一個可愛的例外，並沒有去修正這個奇特。

然而，這個最初誕生的魔性天女，指定了最初的管理者，一個新寡不久的女人。從這個時候開始，才有了「管理者」這樣奇特的人。

她的名字在長遠的時光裡漸漸被遺忘，眾生與人類都稱她為「初代」。

天柱就在她的城市中心，環繞著大片的竹林。早在玄看守天柱之前，她就已經是初代，並且中立地看守在她城市裡的一切，包括天柱。

魔性天女停住初代的歲月，所以她也一年年地看守下去，直到天人的戰爭毀滅了列姑射島，連帶毀滅了她的城市。當魔性天女過世的時候，初代也死了，想迎接她的魂魄，卻任是誰也找不到。

天人都認為，初代應該是魂飛魄散，隨魔性天女而去。她的消亡代表了人類最後的光輝褪失。

但怎樣也想不到，她居然成了幽魂，並且固執地留在列姑射島的遺址。

多少往事，瞬間回到玄的心中，讓她熱淚盈眶。若說天性高傲的她有過任何老師，不過就是初代一人。這個活過無數歲月、充滿智慧的人類，是那樣淡漠而超然，心如明鏡般光亮無塵。

她一直都嚴守著中立，比任何神祇都像神祇，嚴正而寬容。一直以來，初代都是她羨慕仿效的對象，但這位聰慧平和的老師，卻死於那樣的巨禍。

「我早就打定主意，再也不見任何神祇。」初代淡淡地說，「我不願恨，但也不能不恨。列姑射島毀滅，是天人的倒行逆施所致。」

「我一直在彌補，我一直在贖罪！」玄大叫，強忍住眼中的淚。

初代瞥了她一眼，卻湧出強烈的失望。「……隨妳吧。但我既然破例見了妳，得請妳離開我的城市。雖然是這樣髒亂、破舊，不如當初列都的貧民區，但別再我眼皮下毀滅我的家，我受不了這個。」

玄迷惘地看著初代，漸漸鎮靜下來。見到初代，她很激動，初代對她來說，是無可取代的老師，但這些，她都得拋開，那畢竟是無法回來的過往了。

「不能，即使是妳……我不能。」她眼中殺氣陡現。

「哼。」初代冷笑一聲，面無表情地對楊瑾說：「你不是還有事兒要辦？你不去找看看那孩子讓你摔哪兒去了，愣在這裡做什麼？」

楊瑾一凜，疾飛而去，阻攔他的天兵天將蜂擁而上，卻像是撞到一堵牆，只能眼睜睜看著楊瑾飛走。

「初代，我不想跟妳動手。」王母的臉孔泛出黑氣。

初代微斜著眼睛，只是冷笑。

她的冷笑刺激了王母，滅日刀凌厲地劈了下來，初代依舊柔弱地飄在空中，只是舉了舉手。

她一舉手，便徹徹底底將王母的殺氣和刀勢反彈回去，像是狂風吹捲過十萬天兵天將，連王母自己都被震傷內腑。

「天人，哼哼。」初代笑，「好了不起，沒了『無』你們算什麼東西？當初我看在阿華面子上，替你們鎮了多少反噬，現在阿華要死了，你們就把這數萬年的惡果一起吃下去！」

她開啓了封咒。

那時，天人的戰爭波及列姑射島，最後因爲發動了「無」這個禁忌的咒導致天柱折、地維絕，列姑射島因此崩解，也毀滅了初代的城市。在悲傷夫人震怒的時候，是當時還沒有成爲天帝的雙華承諾，他將致力延續世界命脈才得以平息。

當時的雙華頗得初代青眼，是極好的朋友，初代亡故，也是雙華招魂而來。

「你招我做什麼？」心灰意冷的初代惡聲道，「且容我去成了惡靈巫妖，殺盡天人才是好呢，招我回來做什麼？」

「初代，」雙華落淚，「天人毀之不盡，再說他們肩負三界命脈。我決定從天命上天爲帝，又恐我管轄不到，只有妳能夠收納不平衡的反噬，我求妳別眼見天界毀滅，天界毀滅，人間又豈能獨存？」

這麼長遠的歲月，她一直默默收納天人跋扈所造成的失衡反噬。但她知道，老友即將殞命，她又何必可惜這被天人污穢、千創百孔的天界？

被放出來的反噬直接反應在天界的災禍，轉瞬間，九重天發出劇烈而響亮的隆隆，倒塌了三重天，連遠在人間的王母都能感應到天界的崩毀。

「妳再狂啊，再狂啊！」初代大笑，「妳狂多少我就反彈妳多少，搞垮九重天也不是不可能……妳不是最神威的少女巫神嗎？」

面如白紙的王母瞪著她，「收兵！立刻收兵！」倉皇地回天而去。

「哼哼，阿華，你這混球，」初代慢慢淡化、消失，「誑我守了這麼久，現在誰理你……」

她已經耗盡自己所有的能力，無法存在了。但她心裡，很痛快，非常痛快。

莫名的，來勢洶洶的王母退兵，除了這詭異的地震，人間幾乎沒有什麼影響。中都的幾棟大樓倒塌，意外的卻沒有太大的傷亡，連活埋一天一夜的人都僅有擦傷，許多人堅稱有奇怪的動物或妖怪保護他們，也有人說看到小女孩的鬼魂不斷鼓勵，還拿水給他們喝。

地底冒出的無數閃電，讓急診室塞滿了燒傷和被電擊的病人。

沒有來由的地震，溫柔籠罩的濃霧，無法進出的都市，人間自然會有專家學者找出合理科學的解釋，似乎「集體幻覺」就可以說明一切。

但凡人不知道的是，這只是駱駝背上的最後一根稻草，即將通往險惡的結局。

崩塌了三重天，王母急召狐影歸天。

狐影接令，卻發呆很久，並沒有火大的將詔令丟在天界使者的臉上。

「他們當你白癡啊？」上邪發著牢騷，「叫你回去做牛做馬，好給那個瘋皇儲有機會挖眼睛？」上邪低頭揉著麵團，沒聽到狐影答聲，疑惑地轉頭，發現他美豔的老闆只是拿著詔令發愣。

喊了他幾聲，狐影一點反應也沒有，上邪只好拿出殺手鐗，「我要加薪。」

狐影反射性地回答：「你一個人拿三個人的薪水，還加什麼薪？萬萬不能！」

「就對這個還有反應。」上邪發起牢騷，「你不把詔令燒個乾淨，順便灑點鹽驅霉氣，抓著做什麼？」

「……我要回天。」

「你要回天啊……啥！」上邪將麵團握成粉末，「你說啥？你要回哪裡？」

「回天界去。」狐影很堅定，「你看好店，營收掉了五趴我就找你算帳。」

「你發啥瘋啊？」上邪吼起來，「好端端地吃飽撐著，你要回那個狗日的天？喂，我知道你腦袋不算太靈光，但也不至於腦傷啊！你這是……」

「君心他們闖大禍了。」狐影疲倦地將詔令放在桌上，「弄到王母御駕親征，結果各界裂痕擴大，反噬到天界，一傢伙塌了三重天。」

「那小鬼做了什麼啊？」上邪張大嘴。

「他打垮了整個南天門。」狐影遮住眼睛。

「……哇塞！」上邪好一會兒才找到自己的聲音，「不枉我還費力救過他。」

狐影幽怨地看了他一眼。都是這群非人害的！若不是玉郎亂來的狐火，上邪救他留下的雷氣，還有殷曼毫無常識的打通經脈……君心不會那麼雞尾酒體質，闖的禍也會比較小。

打垮南天門的大門，和打垮整個南天門根本不可同日而言。王母要他二選一，一個是回天乖乖修理崩塌的三重天，她就不追究君心的罪責，從此徹底封天；二是天還是要徹底封的，他若不歸天，就要廢貶爲妖，並且追捕君心到底，而追捕的工作，將交給冥府辦理。

冥府，唉。閻羅那群老頭喝酒的時候笑嘻嘻，遇到公事就翻臉不認人，君心雖由妖入道，但還是個人身，壽算受冥府管轄，這讓人怎麼好呢？

而且，三界息息相關，天界的崩塌也會嚴重影響人間。天界如何，他是不太關心，但人間……他的族民，他心愛的小火，他的朋友，他的客人……

他的咖啡廳，都在這裡。

王母雖然跋扈蠻橫，但向來說話算話，似乎修復天界是最好的道路。

只是狐影有許多細情不知道，最少現在的他，還不知道。等他知道的時候，這世界已經如夕日黃昏，緩緩沿著日漸的歪斜，緩緩沉淪。

第四章 非妖

他茫然地走著，走著，而雨，狂暴地下著。

熾熱的狂怒和混亂的記憶褪去，他只剩下灰燼般的虛無感。確定中都獲救，他就默默轉身離去，無視身上累累的傷口，無視幾乎倒地的虛弱。

他只餘灰燼。

吞下耗盡到幾乎消亡的飛劍，他默默地走著，希望可以死在遠一點的地方，不要讓楊瑾，甚至是殷曼目睹他的死亡。

我不配。我不配這些美好的溫柔，我不配。

前世屬於開明的記憶，幾乎粉碎了他的心，沾染太多無謂的血腥，讓他失去了求生意志。

他殺了很多人，很多很多。他殺了很多很多無辜的神，很多很多。

原本他可以怨恨王母，但回歸的前生記憶又告訴他，事實上一切的歪斜，他難辭其咎。

到最後，他才是始作俑者。他不想傷害任何人，但重傷了每個愛他的女人，尤其是玄……她會變成今天乖戾殘忍的王母，他，推卸不了責任。

螭瑤癡心一世，卻還是因他而死。

欠了這麼多的血債情債，他憑什麼活下去？他憑什麼回去告訴小曼姐：我最愛的是妳？

他很混亂、椎心的痛苦。關於開明，關於君心的記憶，讓他產生了極度的混雜，找不到可以認同的點。

不管他得到怎樣不自然的妖力，他畢竟是人類的心智，在自我認同產生極度排斥時，一種奧妙、類似保險絲的機制就會發動，所以人類會發瘋、會失憶，來保住心靈破碎後的生存。

他的情感和記憶痲痹，僅餘本能的混沌。他在大雨中不斷行走，直到力盡，倒在陌生小鎮的角落。

尋常人類看不到他，而妖異又畏懼他剛甦醒的神威，重傷殆死的他，就這樣默默躺在污泥中，等待黑暗長眠的降臨。

或許死亡是種慈悲。他痲痹的意識緩緩轉動，那他可以什麼都不再想，也不會痛苦了。

但他依舊流了淚。即使到這種地步，他還是強烈的想念，極度希望可以再見到她，看看她淡漠而溫柔的臉孔。

最少跟她說一聲再見。

「……殷曼。」在黑暗籠罩下，他輕輕呼喚著。

這充滿感情的呼喚，讓拿著小花傘的少女停了下來，猶豫地望過來。

稚嫩而暴怒的少年聲音響起：「跟妳說過多少回了！不該看不該碰的東西就不要亂摸！上回撿了隻狗靈讓妳差點病死，妳到底有沒有在反省啊？妳到底長不長腦子，裡頭裝什麼啊？」

「我、我……」少女的聲音委屈欲淚，「他、他說話了欸。見死不救，人家、人家真的辦不到嘛……」哇的一聲，少女放聲大哭，「哪、哪吒，你救救他嘛，他好可憐喔……」

「可憐個屁啦！本駕眞的會被妳這笨蛋氣死！」那個叫作哪吒的少年暴跳，「修到會講話的妖怪才恐怖妳知不知道？我抗命沒有回天被廢貶了妳知不知道？不趁他病要他命我已經是佛心來著，還要我救他？妳大腦眞的健全嗎？」

「不要這樣啦，嗚嗚嗚……他傷得很重……」

「免談啦，妳馬上跟本駕回家！爲什麼我會認識妳這超級麻煩的傢伙，這是什麼世界啊？我是啥倒楣的命……」

君心勉強睜開眼睛，看到一對極小的少年少女正在吵架，手上的傘幾乎都遮在他身上。

他們看得到我？他困惑了幾秒，掙扎著站起來。

少年將少女拉著往後一跳，警戒地護衛在她前面。

即使是這樣淒慘的時刻，君心還是浮出一絲笑意，搖搖晃晃地站穩，淋著大雨，低著頭，他盡快離他們遠一點。

「……喂！你跑啥跑？」濃眉大眼的少年喊著，「我也沒要揍你，幹嘛跑？」

「我不想你們害怕。」君心頭也不回，依舊保持著妖化的模樣。他略感安慰，雖然無法回復人身，但能夠說出人的語言，就已經是恩賜了。

「你給我站住！」少年不高興了，「誰說我怕了？吾乃上天親冊、中營神將哪吒三太子是也！我會怕你這麼一個妖、妖……」他搔了搔頭，承認自己也看不出來這妖裡妖氣的傢伙是啥玩意兒。

說是妖怪，他有濃重的人氣和淡薄的神威；說是人，你看過獅身人臉火尾的人類嗎？說是天神，他不但有妖族內丹，還有淡淡的元嬰痕跡。

他成仙那麼長久的時光，還沒見過這種混合型的怪胎。

這少年正是中營神將哪吒三太子。他因爲跟巫女檀茵感情太好，不捨回天，反而投胎成了檀茵的孩子，因爲抗命沒有回天，他讓托塔天王責罰廢貶，除非苦心重新修煉，不然別想回返仙班。

少女是他幼稚園認識的女同學，叫作潘湘雲，是個體質清靜、擁有淨眼的女孩，正是眾生眼中最好的採補對象。

不知道是不是孽緣，哪吒認識她之後，毫無辦法的護衛在她身邊，保護她不受妖異眾生的侵蝕。

平常湘雲謹愼小心，已經很少讓眾生纏上，但過度心慈的她，偶爾還會因爲太氾濫的同情心惹上麻煩。

像現在，她居然去路邊撿了一隻怪胎，原本哪吒可以罵她一頓，將她拖回家，但這怪胎居然拖著快死的身體要走。

「喂，你是聽到本駕的話沒有……」

話還沒有說完，那怪胎像是喝醉酒般搖晃一下，又倒在水窪中。

哪吒啞口片刻，跑過去探了探氣息。「妳家能不能養？算了，我阿呆，問妳這啥問題……我帶回去養好了。」

抓著火尾，哪吒粗魯地將快死的怪胎拖回家裡去。

哪吒將他口中的怪胎拖回家裡，玄關蜿蜒著泥水。

檀茵正在廚房忙碌，哪吒搔了搔頭，「檀茵，我們家的雙氧水……」

「叫媽媽！」檀茵頭也沒回，正在埋首切紅蘿蔔，「當我這麼多年的小孩了，怎麼說都說不聽……你要雙氧水做什麼？我從來沒看過你受傷啊，還是你打傷了誰……」

她回頭，瞠目望著客廳中間淌著泥水、奄奄一息的「怪物」。

封天絕地之前，她是乩童，而且是體質清靜、心地純良，眾神眼中最美好的代言人。所以她和一般人不太一樣，見識那麼多神祇之後，她往往一眼就可分辨眾生的品種。

但她卻分不出這個人臉獅身火尾的眾生是什麼。

蹲下身，她好奇地戳了戳那個眾生毛茸茸的臉孔，又戳了戳耳上蝙蝠似蜷曲的翅膀。

「戳什麼戳啦！」哪吒翻箱倒櫃，「別跟小孩子一樣好不好，都快死了妳還戳……該死的雙氧水在哪啊？」

「呃，我去找給你。」她轉身找出醫藥箱，不太放心地問：「光擦雙氧水有效嗎？我看還是讓爸爸來看看……」

「對吼，」哪吒恍然大悟，「我都忘了伯安是蒙古大夫。」

「叫爸爸！你怎麼教不會，老這麼沒規矩！」

「吼，叫什麼爸爸啦？本駕乃是上天親冊……」

「不叫爸媽，這個月沒有零用錢了。」檀茵雙臂交抱，她對兒子的教育是非常堅決的。

哪吒瞪了她好一會兒，忍氣吞聲地拿起電話，「老爸，你忙完沒有？家裡有急診病患。」

可惡！在人屋簷下，不得不低頭啊～～

伯安很快就回到家裡，看到這隻奇異的生物，眼睛都直了。「我是很高興你有愛護小動物的心，但這隻小動物似乎有點大……」

哪吒皺眉看著躺在地板上一動也不動的怪胎。的確是大了點，大約有一個成年人的身長，這要出去遛狗可能得戴上嘴籠，不然會引起恐慌。

「伯安，你看還有沒有救啊？」他還是滿煩惱的，「拖都拖回來，總不能看他死翹翹……」

「叫爸爸！」伯安嚴肅地糾正他，「都當我們這麼多年的小孩，怎麼這點規矩總是教不會呢？」

哪吒翻了翻白眼。他真受夠這對白癡父母。「外國人都嘛叫爸媽名字，你們就不能洋派點……」

「這裡是東方，叫爸媽！」

「……到底有沒有救啦？」哪吒真的要氣炸了。

雖然不是很有把握，伯安還是盡量將體無完膚的妖物清理了傷口，縫合起來，然後將他抬到客房去安置。

「可憐的小東西。」檀茵憐愛地摸摸這妖物的頭，「受了這麼多傷。」

妳看過這麼大的「小東西」？哪吒又翻了翻白眼。

當初他是中了啥邪，硬要留在檀茵身邊啊？眞是的……他不禁有些氣悶。

這隻「小東西」在他們家住了下來。

雖然好幾次他都想走，卻被淚眼汪汪的檀茵和淚眼汪汪的湘雲留下來。她們的眼淚……讓他走不了。

詢問他的名字，他卻總是沉默。

「既然你沒有名字，那就叫你『無名』，好嗎？」湘雲睜著柔軟的眼睛看著他。

「累世無名者嗎？」他彎起一抹淡淡的笑，「倒是滿貼切的。」

「你看過《地海古墓》！」湘雲很驚喜，「我也很喜歡喔！」

甜美的少女，溫柔的少婦，她們可愛的表情，柔軟的心，讓他感到極度的苦楚和一絲絲的甜。

他甚至願意化身爲宛如銀狼般的大狗，忍耐著項圈，陪她們出去散步。

曾經，他曾經寶愛過的女人，就是這個樣子。

但最後她們都因爲他毀滅了。

更令人難以忍受的是，現在的他，心裡眞正渴望、飢餓似地想念的，並不是被他毀滅的女人們，而是那個有著柔潤嘴唇、淡漠臉孔的飛頭蠻。

他被前世今生的記憶煎熬，被自己的良心苛責，他雙手沾滿血腥，自慚形穢。

保持這個樣子就好了。當一隻畜生，苟存在人世，既然死不了，那就這個樣子吧！消極的當一隻會說話的寵物，不會有人愛上他。

他可以溫柔地對待這兩個女人，不用擔心毀滅她們。

大部分的時候，他漸漸習慣這樣的新身分。

但誰來教他，怎樣熬過夜幕低垂的寂寞？

每每黃昏，他都坐在屋頂上，看著漸漸西沉的太陽。那個方向，那個滿天雲霞燦爛的天空下，住著他最愛的那個人。

他哭泣、顫抖，嗚咽的聲音宛如受傷的狼。無言的極度思念，像是如血晚霞，沒有盡頭的蔓延……

「傷好了不讓他走幹嘛？」其實哪吒不太喜歡這樣，「他來歷不明……」

「我也知道呀，」檀茵嘆息，「但這可憐的孩子一直在哭。」

「……哭？」哪吒搔搔頭，「他什麼時候掉眼淚？我只聽到他在屋頂吹狗螺。」

「你眞笨。」湘雲搖搖頭，「又不是掉眼淚才是哭。」

「男人就是笨，沒辦法呀。」檀茵很同意。

這兩個在許多地方相似的女人，本能地同情君心。雖然依舊無法辨明他的種族，但他有種溫柔的感覺，待在他身邊很舒服，可他的溫柔卻帶著深重的哀傷，像是在等待，或者是在逃避。

一種很微妙的矛盾。

或許就因爲這樣，所以她們硬要把他留下。時光可以解決許多事情，包括悲哀，最少在那之前，可以溫柔地陪伴這隻奇妙的生物。

原本日子可以這樣平淡下去的，原本可以。

但是，湘雲的精神卻越來越差，幾乎是面容枯槁的地步，這讓哪吒非常憂心，以爲她又招惹了什麼妖魔鬼怪，卻怎樣都找不到痕跡。

「我做惡夢，晚上沒睡好。」她疲倦地說，「沒事的。」

「是什麼惡夢啦，跟我講！哪個夢魔敢來找妳麻煩？」哪吒暴跳了。

「……我不記得了。」這個蒼白的少女扶了扶額，非常困擾。

她完全不記得夢的內容，只有恐怖和悲傷感留在心底。她模模糊糊知道，她在抗拒什麼，但她不知道是什麼。

湘雲的憔悴引起了君心的注意。這不太對勁，哪吒雖然廢貶為妖，神威依舊，若他察覺不出的災星，恐怕就不是妖魔鬼魄。

如果不是，問題就非常嚴重。

他跟隨湘雲回家，把他的父母嚇了一大跳，畢竟，這樣一隻雄糾糾氣昂昂、宛如銀狼的大狗還滿嚇人的。

「這是哪吒家的狗，」湘雲解釋，「來我們家玩幾天。」

她忐忑不安，因為爸媽都不喜歡動物，說不定會把「無名」趕出去，但她父母卻只是張著嘴瞪著這隻大狗好一會兒，「……牠吃紅燒肉嗎？豬腳要不要去骨啊？」

莫名其妙的，她的父母接納了這隻狗，她大惑不解，但君心明白，人類潛意識的畏神讓他們渾然不覺地敬畏而接受。

臨睡時，湘雲緊繃地張大眼睛，每夜降臨的惡夢讓睡眠成了苦差事。

「睡吧。」君心對她說，「我守著，妳安心睡吧。」

注視著無名銀狼的臉孔，她表情慢慢放鬆，露出一個純潔的笑，安然睡去。

將下巴放在前爪上，君心趴伏在地毯，警戒著。

時間一分一秒的過去，一點動靜也沒有，君心耐性地等待著，卻也漸漸瞌睡起來，他是被湘雲的夢話吵醒的。

她滿頭大汗，不斷地喘氣掙扎，「我、我沒有邀請你……你不可以、不可以進來……」

他驟然立起，駭然看到湘雲的皮膚上爬滿奇形文字，那是一種難以說明的狀態……像是每個文字都有生命般，如蟲蟻在她的皮膚上不斷流竄。

暴起怒吼，那些文字讓他稀薄的神威激得飛揚，嗡然成為一片灰霧。

像是具體而微的蝗災。

「彌賽亞？」一個「聲音」侵入了君心的腦海，帶著困惑，在他還來不及反應的時候，文字構成的蝗災入侵了他的身體。

那是種難以言喻的感覺，像是被入侵而切割，並且被大量過多的資訊淹沒的感受。他幾乎看不清楚到底出現了什麼影像，所有的一切都是一閃而逝，他覺得自己被徹底侵犯。

可能只有幾秒鐘，但他嘔吐，且狂怒，祭起珠雨，他試圖消滅文字蝗災，卻徒勞無功。

「你是飛頭蠻的弟子，不是彌賽亞。」文字蝗災的聲音在他腦海裡迴響，這種說話方式讓他想起悲傷夫人。「因為同時出生，連我都會搞混。」

「……你是誰？」他緊繃著，全身的毛幾乎都豎直了。

「我，就是未來。」文字蝗災回答。

這個時候，君心不知道，他遇到了創世者的黑暗劇本——未來之書。

―第五章―　違命

和自稱未來的文字蝗災對峙著，他們彼此凝視，君心的掌心有些冒汗。

這種奇特的妖物他從來沒有見過，不管是神祇開明，還是人類君心，他兩世記憶裡都不曾見過這樣的妖物，這是很不尋常的事情。

但他感到危險、急迫，甚至有種很不妙的感覺。

不知道爲什麼，這文字構成的蝗災，很接近島主——古聖神悲傷夫人。

「眞有趣。」文字蝗災漸漸凝聚成形，露出光潔的面容和純白的瞳孔。

那種不妙的感覺加深許多，因爲眞的有幾分像夫人。

他不舒服，很不舒服。

「呵，原本我是不管神族的事情，反正只是順序問題，他們總要擺到最後，但你……眞是諸多有趣的巧合所構成。」他伸出白皙的手，輕輕碰觸君心的臉龐，「眾多顏色混合成純黑，諸色光芒譜成白光，你有著白光的表面卻有著純黑的內在，你不是彌賽亞，又很類似彌賽亞。」

他露出純眞卻惡意的笑容，「其實你什麼也不是。」

一直默然的君心突然開口噴出光燦的雪燄，隨之雷閃電爍，但這麼近的距離，只是打散了人形，隨即又以細小如針頭的文字凝聚回來。

「呵呵，」他半興味半嘲諷地看著君心，「裝在人類這樣脆弱的容器裡，你又能做些什麼呢？眞悲慘，太悲慘了……漫長的神祇生命你一直是旁觀者，卻在短暫的人生知道愛的滋味，眼睜睜看著自己心愛的飛頭蠻死於末日……這樣的故事眞是充滿悲劇性。」

末日？什麼末日？

「……你到底是誰？」君心的聲音打顫。

「我是『未來之書』。」他一笑，模糊分解成無數的文字，狂暴地往他飛撲而來。

這本莫名其妙的書，在找倒楣的閱讀者。君心模模糊糊意識到這點，先是找上了有淨眼的湘雲，現在，又找上他。

完全像是本能般，他開口疾呼：「我沒有邀請你……」

「來不及了。」未來之書嘲諷道，「你不是拋棄為人的身分麼？只有人類才可以違抗，你這什麼都不是的怪物辦不到的。」

君心的心靈被無數可怕的景象入侵──

他抱著被他拋下的殷曼，跪倒在洪水肆虐過的乾涸大地悲痛莫名，殷曼的眼睛大張著，死去多時，神魂俱毀。

泥濘中，是無數殘缺的屍體。他們所在的倖存島嶼正在慢慢陸沉，一切的一切，都已結束。

他居然如此愚蠢，愚蠢地遠走他鄉，不敢面對自己的罪與孽，拋下殷曼獨自面對苦痛的死亡……

和這個世界的死亡。

「這個恐怖的結局，是靠無數純血彌賽亞延後的。」未來之書的聲音溫柔且充滿誘惑，「你這與當世彌賽亞同時出生，擁有極相異卻類似的非人，說不定自沉地維，也可以將不幸延後一些時光……你可願意？」

被入侵而蠱惑的君心，愣愣地點了點頭。

未來之書發出滿意的笑聲，正要將君心獻給地維時，倏地，腦後風響，他本能一閃，卻還是被擦過，構成他身體的文字居然被「吃掉」若干。

他臉變色了。

回頭望，在遙遠的中都，滿頭大汗的化人飛頭蠻倔強地瞪著他，地上躺著她剛丟過來的書，一本《史記》。

哼，就是她吧？讓獨愛人類的哀會另眼看待的眾生。這算隔空取物的逆作，很新奇，但也不是多了不起的能力。

未來之書強行從書本裡抽回他的文字，順手將整本書的字吃個乾乾淨淨。

司馬老頭的能力很棒，眞是棒。他漫遊時都會刻意避開「史家筆」，操控文字的人像是他的天敵，相當棘手，但司馬老頭死很久了，非常非常久了，他的書頂多只有嚇唬作用。

但惹怒了他。

他伸手抓向殷曼，幾乎將她的清明抓碎，讓她倒地不起，卻也被第二本書打中，這次不是被吃掉若干這麼簡單了。

他被文字構成的羅網抓住，散發一種毒品般的污穢芳香。那是一本叫作《陰差》的書，作者是姚夜書。

被腐蝕、融解、重組、同化，他費盡力氣才逃離那些天譴般的意念，很長一段時間不敢回顧。

向來無敵的他，見識到什麼叫作「天敵中的天敵」。

殷曼房間傳出一聲慘呼，楊瑾衝入房間，發現她倒在地毯上痙攣。

房間裡充滿險惡的氣息，但他找不到來源。跪著將殷曼抱起來，她氣如遊絲，但可怕的不是肉體的病痛，而是她的精神和靈魂像是被猛獸的銳爪重創，原本相安無事的各人格記憶和碎片，紛亂成無數「文字」，摻雜在一起。

他的心整個都涼了。

她會死的。就算肉體可以痊癒，眞正的她會分裂成無數「小我」，單位可能只有「字」，不成「句」也不成「章」。

這樣的殷曼，只能待在療養院當一輩子的重度精神病患，連自理生活都不能。對，他被革職了，但他神威還在，神通也還在。天父無意拿走他的能力，希望他能夠自制反省。

幾次小的違規，在台單位都睜隻眼閉隻眼，連對抗王母這麼大的事情，都用「教區安危受到威脅」輕輕帶過。

但這次，他若出手救殷曼，可就很難找理由了。慘笑了一下，他拔下一根羽毛當媒介，懸在殷曼的頭上當指標和定錨。

輕聲誦唱，疏理紊亂的意識，試著抓出各人格的核心，讓核心像是磁鐵，將鐵屑般混雜的粉碎吸引回來。

這是很苛細龐大的工作，即使是擁有六只翅膀的楊瑾也倍感吃力，更何況與王母一役耗損了他大半的神能。

西方天界常這麼說：「殺死人類只要一秒鐘，要救活一條人命卻需要百年苦心。」

漸漸的，他額頭沁出細汗，也只能讓殷曼的痙攣停止，大睜的雙眼依舊無神，粉碎的記憶和人格還是兵馬雜沓，難以統一。

加油，女兒。疲憊的楊瑾默默地說。妳不是還有心願未了？妳還有想見的人，不要放棄，親愛的女兒，不要放棄。

殷曼緩緩流下淚，她的各人格核心微弱地發亮，吃力地運轉起來。

聽到振翅的聲音，楊瑾氣餒地低下頭，現在天界要罰他，他也無力阻止。「請給我一個小時……不然半個小時也可以，我願引頸受戮……」

只見一片羽毛翻飛，飄浮在殷曼之上，代替他幾乎力竭的羽毛。

錯愕地轉頭，六翼悲憫而理解的神情，讓他眼眶發熱起來。

「我是來傳令的。」六翼出手幫他，「天父要你回天界。」

「我承認有罪。」

「不是什麼罪不罪。」六翼相助，原本的紛亂被強而有力的導引整合，進度快了起來，「哪有什麼罪？我都沒看到。東方天界的西王母來人間亂一場，弄垮了東方天界三重天，這招太厲害了，各方天界都嚇到，天父也準備徹底封天了。

「別說天界，連冥界都一關了事，魔界也堵個滴水不漏，反正到這地步，不封也不成……天父要你回去，遲了關門，那是誰也別想進出了。」

「我不回去。」楊瑾冷靜地回答，「我不走。要拿走我的神能儘管動手，但先讓我救回殷曼。」

「誰提到褫奪神能？」六翼喃喃地牢騷，「沒有嘛。天父說要留儘管留，但名冊上是必定要除名的。我也不囉唆了，你在人間久了，也該知道天使留太久神能會漸漸消退，壽命也會縮短的。」

「我不走。」

六翼不答言，長嘆一聲。「我倒是非走不可了。」

他們合力將殷曼的魂魄徹底癒合，也盡力讓殘缺的部分統整在一起。

滿意地看著殷曼好一會兒，六翼噗哧一笑，「……這倒有些像是磁碟重組，只是壞軌有點多。」

楊瑾瞪了他一眼，卻也暗暗覺得好笑。「你不是打死不走麼？」

「天界現在很慘，天使長發瘋死掉一個，自然老死一個，還有一個最特別……病死的。你聽過這種事麼？病死的天使長！我懷疑是過勞死的，補天對天使長來說都是太重的工作，何況一補將近萬年。」

「裂縫大到那種地步？」楊瑾吃驚了。

「裂縫的確是大到危急三界存在……更淒慘的不是這個，莫名其妙的，開始有『末日』謠言。」

「你我都知道，那不是謠言。」楊瑾冷靜的指出。

「噓，你這直肚腸的毛病怎麼不改？」六翼抱怨，「是啦，但本來就我們幾個見過未來之書，現在突然出現一大卡車！那群天眞的天使……還以為封關自守就沒事，但天父也不想引起太大的騷動，封天也算是上策，就依了。」

「眞政治。」

「就跟你說不要這麼直！」六翼有些頭疼，「楊瑾，我非回去幫補不可，但人間也不能無人，你要留下，就多少看顧一點。」看了一眼在楊瑾懷裡闔目穩睡的殷曼，嘆了口氣。「算我囉唆，但你眞的要保重自己，保重人間。」

好一會兒，兩個六翼天使都沒有說話。他們倆形態相近，心思相似，同樣深愛著人間，受凡人吸引。

「我該走了。」六翼振翅。

「……別過勞死了。」千言萬語，楊瑾卻只擠得出這句叮嚀，「還有，謝謝。」

六翼擺擺手，「我在人間可是有親友的。我們遠征隊……」硬生生住了口，百轉迴腸，只能搔首長嘆，「你若有空往都城去，多關照一個叫百合的護士長，我就很感激你了。怎麼還不結婚，年紀也不小了……」

他心情複雜地低頭片刻，「說不定還熬不到過勞死的時候呢。」悶悶的，六翼走了。

抱著沉睡的殷曼，楊瑾心底有股沉甸甸的憂慮。

未來之書逃走了。

倒在地毯上的君心模模糊糊知道這點，他卻沒聽到遙遠的中都，殷曼發出的那聲慘呼。

這時候的他，還不知道殷曼爲了救他，付出非常淒慘的代價。

但被未來之書入侵是件痛苦的事情，其他的閱讀者可能只是「閱讀」，但他是被凌辱地入侵、操控。

雖然不如殷曼被正面重創那樣慘烈，但他經過這種衝擊，卻也讓他屬於「開明」

和「君心」記憶間的隔閡被打個粉碎，互相混雜起來。

開明的帶著不解的懊悔，和君心的渴望不斷衝突，然後慢慢和解，倒在地毯上癱了一夜，風中傳來茉莉花的香味。

當他身為開明的時候，他一直是個旁觀者。開明出身於伏羲氏，身為最古老的氏族，他的父親叛逆地和狻猊族的女兒結婚，生下了開明，而他的姑姑，是貴為天后、之後生下玄與女媧的伏羲氏公主。（因為伏羲原本根源於龍，所以又稱龍族公主。）

當時的局勢很微妙。同為聖獸的狻猊族和伏羲族起了一些衝突，當時的炎山帝未即帝位時與狻猊族的女兒少艾相戀，觸怒了世代為后族的伏羲，最後雖然硬將這對戀人分開，並納開明的姑姑為后，但嫌隙已經造成。

在這樣微妙的時刻，開明的父親又愛上狻猊族的女子，對嚴守純正血統的伏羲族來說真是大逆不道，加上之前炎山帝的戀情，更是一發不可收拾。

伏羲族覺得狻猊族的女人忝不知恥，專以色誘為能事；狻猊族覺得伏羲氏的男人玷污他們族女不說，不負責任之餘還栽贓嫁禍，兩族越來越勢同水火。

最後因爲開明的出生，和開明父親誓言放棄帝王家的親屬關係，自願降爲平民，正式迎娶狻猊族女兒而和解，但這也種下日後神魔戰爭，狻猊族投入叛軍的遠因。

且按下不表。

開明就出生在這種微帶敵意的環境中。他的母親是個瀟灑的姑娘，若非開明父親苦戀不已，情愛倒是從不掛懷，與其說是愛情，倒不如說他的母親同情父親的苦戀，欣賞他的執著，這才委身下嫁。

這種瀟灑和氣度直到婚後依舊不改，不管伏羲族的親戚怎樣冷嘲熱諷，她依舊平常地過日子，整天笑嘻嘻的，這樣淡漠的瀟灑也遺傳到開明身上。

身爲一個混血兒，他受到一些歧視，開明雖不掛懷，但他行事謹愼，不想給父母帶來麻煩。他的才幹和俊朗也受到許多愛慕，但他也只是笑笑的，從來沒有動心過。

天生的性情和後天的環境造就了他，一個看似熱情卻冷心、永遠的旁觀者。

玄深愛著他，他明白；螭瑤戀他入骨，他知道。

但他更了解天界複雜的政治關係，而不去回應玄。一來他不能了解心動，二來他微妙的身分也不適合迎娶帝王家的公主。

不過，他的確疼愛玄，就像疼愛一株寒梅那樣愛護照顧。畢竟這是他血緣雖疏遠，卻是少有的幾個姐妹中最出色的一個。

他選擇螭瑤之前，也跟她認眞分析過。「……所以我不能跟妳訂親，雖然我眞的很感動。但玄很任性，她會非常生氣，甚至有可能會傷害妳……我不喜歡這樣，她已經傷害太多人了。」

「你愛她嗎？」螭瑤只是抬起詭麗的眼睛，哀求似地看著他。

「……愛是什麼，我還眞的不知道。」開明搔了搔頭，「我愛她宛如愛妳，都像我的妹妹一樣。」

這隻年幼的伏羲姑娘低頭想了一會兒，堅毅地抬頭，道：「那你更該跟我訂親了。你不愛我沒關係，我愛你就夠了……玄姐姐嫁人了呢，你跟我訂親，不成婚也不要緊，要緊的是，讓玄姐姐斷了念，跟天帝一心一意地過下去。如果你眞覺得我不好，要解除婚約也可以，請你、請你、請你……」

這讓冷心的開明動搖了。這個可憐的同族妹妹，爲了他，日日夜夜在月桂下哭泣，淚水融入原本日漸乾枯的碧泉，成了新的源頭。這讓他心痛。

心痛，卻不曾心動。這一直是他最難過的一件事情。

但這成了摧毀玄和螭瑤的起始。

因爲冷心，他不會愛，害慘了兩個女人。輪迴多少世，他的心，不曾動。

但這世，病弱坎坷的這一世，他的心卻動了。

他愛上一個僅有一顆頭顱的飛頭蠻，守著她、看著她，從成熟的大人倒退成少女、稚兒，然後化人；化人失敗又被摧毀殆盡，是他強求留下斷垣殘壁的她。

他的心動這麼劇烈，像是玄的苦和螭瑤的慟報應在他身上，讓他飽受折磨。

但他不要脫離這種折磨，他不要。

「我是君心，我是李君心。」他倒在地毯哭泣，「我是小曼姐的君心，對不起……對不起……」

劇烈地哭泣著，在這頓悟的瞬間，他恢復了人類的模樣。

遠遁的未來之書，懷著一種奇異的情感，遠遠看著君心紛亂的回憶。

原本那隻不知天高地厚的飛頭蠻觸怒了他，正盤算著要去抹殺，但君心的回憶引起他的注意，讓他感到一種熱切的好奇，很想問：「後來呢？」

憤怒，好奇。哼，原來他也能夠體會到這種「情緒」。

思忖了一會兒，他決定先放過飛頭蠻和那個反面的彌賽亞。他對悲傷的故事特別寬容，且留著他們當伏筆，將來要抹去他們，隨時都可以。

若找不到眞的彌賽亞，就拿這隻類似的去塡地維好了。這讓他稍微平靜一點。

他在尋找彌賽亞，已經找了很多很多年。他知道彌賽亞出生了……這種純血人類，被稱爲「繼世者」、「彌賽亞」的活祭品，按照創世者的劇本規則，應該出生了。

當初創世者造出他來，就是爲了寫下各式各樣的規則、演繹，和結局。

註定末日而毀滅的結局。

他的任務就是認真執行創世者寫在他身上的劇本，並且給人類和眾生種種試煉，但不管通過試煉與否，毀滅而黑暗的結局只能延後卻不能夠改變。

他不知道執行任務多久，或許歲月對他來說其實沒有意義。

但無盡歲月蜿蜒，漸漸的，原本應該無心無感的他，卻有了「情緒」。

他第一個強烈的情緒居然是：恐慌。

因爲他突然意識到，若末日結局來臨，萬物俱滅，天地不存，而他是可以繼續存在的，但因爲再也沒有人類和眾生，他空白的頁面就再也沒有故事可供記載。

這讓他湧起強烈的無力和躁動，他終於知道什麼是「恐慌」了。

爲了敉平這種恐慌，他更勤於執行，但目標有些不同。他展現末日的同時，也暗示末日如何延緩。

末日滿足需要兩個條件：天柱折，地維絕，缺一不可。只要條件達成，末日就來臨，毀滅一切，什麼都不會留下。

但創世者留下一個脆弱的但書。偶爾會出生純血人類，稱爲「彌賽亞」，這些彌賽亞本身就是天柱或地維的中心，若自願奉獻自己的人生或生命，保住天柱或地維，末日就因爲條件沒有滿足無法達成，將結局延後。

他就是想做這件事情，讓結局不斷的、不斷的往後拖延，幾乎可以說是成功的，幾乎。雖然過程可能很殘酷，他也不在乎眾生的哀號和人類的苦痛，他在乎的只有世界能不能延續下去而已。

所以他在尋找。在末日條件快要發動的數十年，他在尋找那個應該誕生卻找不到的彌賽亞。

有股溫和卻強大的力量保護著彌賽亞，這讓他不解而焦躁。他更頻繁的將末日給有天賦的人類或眾生看，然後藉機窺看他們的記憶，暗示他們代爲尋找。

但那股難解的力量卻這樣阻礙他。

他不知道，當世的彌賽亞——宋明峰出生時，他頗有異能的母親早已見過了未來之書，也知道這孩子的不尋常。她用母愛形成豐沛的屛障，隱匿了孩子的天賦，這樣的術法對她來說是太沉重的負擔，以至於她壯年就病逝，但的確逃過了未來之書。

即使明峰站在未來之書面前，他也察覺不到，這個少年就是彌賽亞。

這時候的未來之書，一點點都不知情。畢竟他只是創世者的黑暗劇本，並不是全知全能的。

遇到類似的闇黑彌賽亞，讓他苦痛，卻也歡欣。彌賽亞的確出生了，因爲他遇到君心。眞的找不到，他可以獻祭代替品，但不會維繫太久，再怎麼相似，他們還是存在著巨大的相異處。

饒他們吧，暫時饒過他們。他默想著，饒他們存在下去，就會有更多悲劇可以供記錄，直到不得不獻祭的時候。

再說，那個飛頭蠻是哀所喜歡的眾生。哀原本只喜歡人類的，卻特別憐愛那隻飛頭蠻，能讓哀歡喜的事情也不多了。

這世界上，哀和他是最接近的存在。他們同是創世之父的創造物，用不同的目的和使命關注著這個世界。

想到哀，他平靜下來。雖然眾生崇慕她，尊稱她是悲傷夫人，對他來說，她就是哀而已。

饒過他們吧。

未來之書離開，放過了君心和殷曼。他無意的來與去，卻爲這對命運多舛的師徒帶來了新的契機與轉機。

也因爲和姚夜書不太愉快的「初相遇」，在未來之書殞亡之前，他都沒想過去尋找那位發瘋的小說家。

尋找天敵並非智舉。

第六章 回首

天亮的時候，君心動了動手指，他感覺到自己的手抓著地毯，睜開眼睛，看著自己的手。

熱淚衝進了他的眼眶，讓他眼前一片模糊。

他想起了一切，想起妖化前悲壯的決心，他以爲，永遠都無法回到人類的身分，但現在，現在……

橫越無數懊惱與後悔，無盡的紛亂和強烈的思念，雙手染滿血腥，浸潤透了殺孽，他居然還有這種運氣，居然還被命運饒恕，可以回到人類的身分。

上天待他不薄，爲此他永遠感恩。

他蹲在地毯上，像個孩子似的哭泣。

直到湘雲翻身，他才驚覺到，自己一絲不掛。

「無名，你這麼早起床？」湘雲揉著眼睛，伸手去拿眼鏡，「早安。」

君心張大嘴。現在……怎麼辦？

湘雲戴好眼鏡，只見一蓬煙，她驚愕地眨眨眼，看到「無名」好端端地蹲坐在地上，只是全身的毛髮都豎直，蓬得像個毛團。

「怎麼了？」湘雲愕然，「什麼東西嚇到你？」

君心自己也沒想到，他變身居然可以這麼行雲流水，簡直是瞬間施法。只是緊張過度，他的毛髮每根都頂天立地，順不下來，天知道他的心臟跳得差點跳出口腔，有運作過度之虞。

「無名？」湘雲擔心地摸著他的頭。

「……汪？」

「噗，你幹嘛學狗叫啊？」湘雲笑了起來。

他凝視著湘雲，將臉輕輕貼在她的掌心。他會很想念湘雲，想念哪吒，想念檀茵和伯安。他會非常想念這些善良的人，在他最痛苦的時候，默默陪在他身邊，這些可愛的人。

他們都很平凡，安安靜靜住在這個列姑射島的舊址，過著平淡卻恬謐的生活。他們都很善良，願意伸出援手給幾乎被絕望殺死的陌生人。

哪怕那個陌生人連人形都沒有。

那個冰冷而黑暗的末日，充滿死氣的末日，死去的不僅是小曼姐，還有這個可愛的少女，和這群可愛的人。誰也逃不了。

他受不了這個，他不要這種結局。

他受不了抱著小曼姐的冰冷屍體，也忍受不住這群可愛的人冷冰冰地躺著，眼中再也沒有生命的光。

他受不了！

第一次，他對殷曼以外的人產生了強烈的情感。末日的死亡威脅讓他領悟到一些什麼，讓他一直沉睡著的認同清醒過來。

這麼長久的時光，他爲了讓殷曼和自己活下去就費盡心血，從來沒有睜開眼睛看過其他人。

任何人都不愛他，他也不愛任何人類。

但現在，現在這群可愛的人溫柔地愛著他，他發現他最大的心願是他們一無所覺地生活下去，從來不會面對末日。

「我要走了。」他對湘雲說，「不用擔心惡夢，惡夢不會再來，也不會實現。」

湘雲張大眼睛，盈盈的淚光幾乎奪眶而出，「……是嗎？無名，你要回家了嗎？」她早就知道會有這一天，但她真心喜歡這隻大狗似的朋友。

「我姓李，我叫李君心。」他含笑看著湘雲，「我是該回家了。我……我也該認真思考，怎樣走上修仙之路。」

湘雲抱著他，哭得非常傷心，但終究還是鬆了手。

他回頭再看湘雲一眼。這個時候，他突然體會到殷曼的心情。

為了眷族的延續，她成仙，就是為了犧牲仙體發一個心願。

為了這些溫柔愛過他的人，似乎不是什麼不可思議的事情。

深吸一口氣，他微笑，銀狼似的身影躍出窗戶，如電閃般消失了蹤影。

殷曼默默坐在陽光下，楊瑾在她腿上蓋上毛毯，她勉強笑了一下。

這是魂魄損傷的後遺症。雖然楊瑾和六翼聯手醫療了她，但魂魄的傷害即使癒合，還是需要很長的時間才能眞正恢復。

當初她被帝嚳重創的時候，夫人雖然將她救回，但因爲嚴重的魂魄傷殘，她退到幼兒的心智狀態，這些年找回若干魂魄碎片，原本已經漸漸恢復，但這次的重傷又讓她暫時出現那種神魂呆滯的後遺症。

但若再來一次，她還是會這麼做的。

她無法解釋，她看到的是誰……或說是什麼。她本能的知道，那隻銀狼似的大狗就是君心，但她無法知道他面對的那團充滿災禍感的妖物到底是什麼。

甚至她也不知道爲什麼可以隔這麼遠，看到君心面對的危機。若她還是完整的大妖時，說不定有合理解釋，但現在她依舊是殘缺的。

說不定是某種副作用……君心給她的最後微塵所賦予的副作用。她就這樣自然地抓起《史記》扔出去，甚至當那妖物逼到面前時，扔出另一本書。

這些，到底代表什麼意義？

她處於一種混沌疲憊的狀態，木然地看著陽光。很久很久以前，在東部的小鎮，她似乎也曾經這樣呆滯地看著陽光，心底空空蕩蕩，雖在人間，事實上她已經死了。

她的魂魄已經死了。

但那個傻孩子，那個執著的傻孩子放不下她，她也放不下這孩子。他們要走的這條路多麼漫長，她說不定不會有魂魄完整的一天。

他們該走到哪、去到哪呢？她的願望是否還依舊能堅持下去……應該堅持下去嗎？

麻木而疲倦，她禁止自己去想念君心。

若是就這樣，君心再也不回來了，也很好。最少知道他活著，那就很好。

跟著她，只是漫長而徒勞的痛苦。

我不能想念他。

我不可以、不能夠用想念呼喚他，他早該有自己的人生。

就這樣，她靜靜坐了一整個下午，連楊瑾出門都沒有發現，只是漠然看著陽光漸漸移動，漸漸日斜。

直到她讓陰影籠罩，遮住陽光，她才茫然地抬起頭。

君心。

他看起來憔悴疲憊、風塵僕僕，甚至連衣服都沒有穿。

「我回來了。」他害羞地蹲下來，「呃，我該先去穿衣服才對，但我真的很想妳……」他的聲音哽咽住，說不出話。

我該怎麼應對？趕他走還是抱住他？情感遲滯的殷曼思索著。

他若繼續跟著她，會非常坎坷不幸。收集微塵是個龐雜巨大到可怕的大工程，說不定她在淨化微塵的途中就忍受不住地發瘋或死亡。就像現在的她。

就算收集齊全，她發現、她發現……

她發現她還是想成仙，還是固執地想用所有的仙體發下仙願。她希望眷族可以重生在這世界上，他們存活的目的不該是這樣毫無道理的毀滅。她是族長的女兒，她在責任和情感上都渴望這件事情。

到最後，她跟君心還是得分離。

她該怎麼應對？

她沉默很久很久，沉默到君心有些恐懼，他怯怯地按著殷曼的手，擔憂地盯著她的臉。

這個傻孩子，這個永遠長不大的傻孩子，爲了保護她，拋棄一切奮不顧身的傻孩子。

差點回不來的傻孩子。

「歡迎回來。」她的淚，滴在君心的手背上，像是晶瑩的珍珠。

楊瑾看到他回來，並沒有說什麼，但明顯地鬆了口氣。

就像什麼事情都沒有發生似的，他們默默地過著日子，誰也沒有去提最近的諸般變故。

偶爾君心會看著報紙發呆。楊瑾瞥了眼標題，知道是關於震災的，他索性停訂報紙，改成看書。

他不再催促君心去上學，容他整天陪著遲滯的殷曼發愣。

「……楊瑾叔叔，」一週後，君心鼓起勇氣，「我決定和小曼姐一起搬出去。」

正在看書的楊瑾瞥了他一眼，「想獨立？」

「我給周遭的人帶來太多災難。」他盯著餐桌，眼神渙散，「我不希望連累你……」

「閉嘴。」楊瑾冷冷地回。

「這是事實！」經過長久的壓抑，君心爆發了，「我就像是個災星，走到哪都惹出各種麻煩！在都城，我引發天之怒差點害死狐影叔叔，在這裡又闖出這麼大的禍事，差點害死你！我害死了好多人，你不知道我在天界發瘋地殺了好多神族，我、我……我根本不該存在！」

楊瑾將書擲在桌上，碰的一聲，書本陷鑲在餐桌裡，書面和桌面齊平。

「你給我閉嘴。」楊瑾的臉孔鐵青，「爲什麼你是災星？我問你，你和小曼做了什麼？你們做了什麼要被這樣誣陷追殺？你給我聽清楚——你們，什麼都沒做。

「羅煞憑什麼要殷曼的內丹？帝嚳憑什麼要你們的眼睛？你說啊，憑什麼？就因爲他們是神明，你們就要乖乖束手就擒引頸待戮？你們做了什麼？你們只是想要安靜活下去而已，你們有什麼錯？說啊！

「爲什麼看到這樣的不公不義我們要袖手旁觀？你把我和狐影當作禽獸一樣侮辱嗎？我們到底還知道自己是誰、該有的憤怒，你憑什麼說你會害死我們？難道我們躲一旁去苟且偷生對不起自己良心才正確？我不要這種他媽的正確！

「你給我聽清楚，你再隨便把錯攬在自己身上，扔到小曼頭上，我絕對饒不了你！你居然把我們跟那群狼心狗肺的畜生擺在同個天秤，這眞是令人難以忍受的侮辱！這世界反了嗎？受害者是災星，加害者才是英雄，懦夫才正確？他媽的！」

向來彬彬有禮、冷漠自持的楊瑾突然發這麼大的脾氣，把君心嚇呆了。

……他有沒有聽錯？六翼死亡天使罵粗口。

「你不了解，一切的起因都是因爲我前生……」君心傷痛地說著前因後果，激動到敘述有些混亂。

楊瑾聽著，卻又更憤怒。「靠北啦！前世的你早死了，關今生的你什麼屁關係？閉嘴！」

……嗯，他沒有聽錯。

他是很震驚，但眼睛有些溼潤。他和殷曼承受多少人的好意才能夠存活到現在，他們從來沒有當我們是麻煩，他們爲我們憤怒，爲我們挺身。

他不能讓這些人面對末日。

「但我還是想搬出去。」君心低著頭，「我該學著用自己的腳站起來。」

「這個理由，我就接受。」楊瑾恢復冷靜淡漠的模樣，輕拍桌子，鑲在桌子裡的書跳起來，回到他手裡，「押金不夠，我可以借你們。」

……如果楊瑾叔叔是他爸爸，那就真的太好了。他一生孤苦，父母親從來沒給過他半點溫情，楊瑾掩藏在淡漠下的關懷，讓他非常感動。

雖然知道，他只是愛屋及烏，因爲他憐愛養女，所以也憐愛養女的弟子。

「楊瑾叔叔，謝謝你。」他低頭轉身。

「謝什麼？」他翻書頁，「自己的兒女自立，當老爸的人雖然不捨，也得放手。你和殷曼，就是我的一雙兒女，跟自己的爸爸有什麼好謝的？」

君心握著門把，久久沒有回頭，也沒有動。

「男孩子哭什麼？堅強點，你還得保護小曼。」楊瑾又翻了書頁，「我永遠都在的。」

君心再也忍不住，淚如雨下。

君心找到了一棟很破舊的磚造建築，就在火車站附近。

楊瑾跟他去看房子，無言了很久。「爲什麼？搞不好隨便個小地震就垮了，你不用擔心錢的問題……」

君心硬著頭皮回答：「這裡的屋頂會比較好修理。」

楊瑾轉眼瞪著他。

他有些冒汗，「呃，因爲我能力還不太穩定……但我又不想束縛得太緊，偶爾也需要炸個屋頂舒緩一下……」

楊瑾望著天空，久久不說話。「……有道理。」

他很爽快地付錢，悶悶地看著君心。「不過這治標不治本，你是不是該學會好好控制這種能力？」

「可以的話我也想。」他搔搔頭，「但我有關控制的法術學得非常差，像是結界和禁……」

「我見識過了。」楊瑾沒好氣地應。

要搬來之前，君心整理好心情，和遲滯未退的殷曼懇談一番。

他坦白說了他前生的事情，關於玄和螭瑤；他說了這段日子的掙扎和痛苦，遇到了那群可愛的人，還有極度想念她的心情。

她靜靜地聽，專注的，但神情既沒有激動也沒有錯愕。

怕她沒聽懂，君心說：「我前世是開明。」

「我很高興開明叔叔沒有魂飛魄散。」殷曼點點頭，「所以？你今生是君心哪。」

「……我是開明的時候引發這一切的不幸。」

「這不是開明叔叔的錯吧？」殷曼疑惑，「那又怎麼樣？」

「我前生和王母玄、刑仙螭瑤……都、都有情感上的糾葛。」

殷曼覺得奇怪地看著他，「那是前生的事情。現在你還喜歡她們嗎？」

「不不！」他漲紅了臉，「我只愛妳！」

「我知道。」她頓了頓，「那問題在哪裡？」

君心扶著額，突然很想笑。他錯了，錯得非常離譜，他那淡漠的大妖師父，即使殘缺不全，還是保持著那種光亮無塵的心境。若非他癡戀，也不會在她心底染上唯一的色彩。

原本以爲她會激動、會吃味，結果他錯估了殷曼生死不改的淡漠和豁達。

「沒有，應該沒有問題才對。」他笑了起來，「只剩最後一個。」

「哦？」殷曼專注耐性地等他說。

「小曼姐，妳成仙後依舊要犧牲仙體去發仙願嗎？」

殷曼的表情空白了幾秒鐘，迴避他的目光，「魂魄不全，還修什麼仙？」

「我會收全的，早晚的事情。」

「就算全了，我的內丹已經化人，照你所說，應該還在帝嚳那兒。」她不想回答這問題。

「那我們就去拿回來。我問過了，小咪可以和妳共修，妳們可以像是雙生子一樣修仙，沒有問題。」

無可迴避，但她不想對君心說謊。「……對。」

君心凝視她，「我還沒跟妳說過吧？我遇到未來之書。」

未來之書侵犯操控他的時候，同時也讓他看了太多內容。

「……我知道這本書。」殷曼微微變色，「他存在於世界草創之初。」

「和悲傷夫人出於同源。」君心點頭，「三十年後，末日將會發動。小曼姐，我們剩三十年的光陰。」

殷曼盯著他的臉，卻只看到一片平和坦蕩。

「這三十年內，我們是平安的，因為王母徹底封天了，她現在也沒空管我們……妳有三十年的時光修仙，完成妳的願行。」

「……修來面對末日？」

「我和彌賽亞同時出生，雖然我不如那位純血的繼世者……但我想，一個成仙的類彌賽亞應該可以彌補天柱吧？末日條件有二，天柱折，地維絕，地維的範圍太大，我甚至不太懂什麼是地維，但天柱只有一個啊，而且在天界，可以撐多久算多久……」

「我不能看你去自殺！」殷曼薄怒，「我不能……」

「小曼姐，我沒有妳不行。」君心垂下眼睫，「但我不阻止妳發仙願。我們不可能長久活下去，永遠在一起，我若死纏苦苦哀求，妳餘生都不會快樂，我不要這樣。最少現在，我們可以快樂度過這三十年，在妳完成願行的時候，我也可以含笑地保住天柱。

「我以前以爲，我只喜歡妳，但不是這樣而已，沒有妳，我一個人眞的活不下去。最少我可以回收再利用，讓楊瑾叔叔、狐影叔叔好端端地活著，可以讓檀茵他們平靜地迎接每個日出，這值得，眞的很值得的！小曼姐，我願意成就妳的希望，請妳也成就我的心願。」

殷曼愣愣地看著他，流露出少有的強烈情感。

「……你這算是長大，還是沒有長大呢？」她笑，同時也流淚，「這是接近不可能的任務。」

「我知道的。」他緊緊抱住殷曼，「但總還值得努力吧？」

殷曼反身抱住他，「你是長大了。」

等他們安頓下來，才聽說狐影回天的消息，君心匆匆趕去都城，已經來不及見狐影最後一面。

「為什麼呢？狐影叔叔為什麼要回天界？」君心很驚駭。

「天界快垮了，靠管寧修理會死人。」上邪不正面回答，「你知道狐影那傢伙特別寶愛女性。」他遞了杯咖啡給君心。

君心還想往下問，不經意喝了一口，馬上噴了一桌子。

這咖啡簡直可以當作毒藥使用。

上邪冷冷地摔了條抹布過來，「小子，擦乾淨。誰讓你浪費我的咖啡的？」

狼狽地擦著桌子，君心全忘了要問什麼，又被上邪吆喝過來吆喝過去地當義工，等他想起來的時候，他才又問：「狐影叔叔爲什麼……」

上邪馬上打斷他的話，「唷，小子，打垮南天門，眞夠威的。聽說你是開明轉世，是不是眞的啊？」

他又不幸地被轉移注意力。「……嗯，是的。」

換上邪表情有些不自在。「嘖，原來是狻猊族的扭捏小子，難怪我總覺得有些怪怪的……」

君心大奇，「上邪君認識狻猊族的人嗎？」

上邪馬上發怒，「誰認識那些毛團？他們都在魔界我怎麼會認識？別胡說，再胡說我揍你喔！拖好地板就快回去吧，天帝不准你來都城，你還偷偷跑來！雖然說封天沒大人了，你也不能隨便犯規吧？男子漢大丈夫，承諾就是承諾啊！快滾快滾！」

「都徹底封天了，還承諾什麼呀？老大都快掛了。」樊石榴發牢騷，「留在人間的花神都不花神了，降格爲妖！搞屁啊眞是的……」

「誰跟妳妖啊？我還是花神！」高翦梨瞪她一眼，「誰理那瘋老太婆說啥……」

「妳們兩個花妖！不要以爲我是狐影，可以天天來白吃白喝！」上邪吼她們。

「花神。」高翦梨糾正他。

「只有白吃，喝誰敢喝？小妹，給我一杯白開水就好。讓上邪碰過的飲料還能喝嗎？」

「吃霸王餐的還這麼講究？統統給我滾！」上邪發脾氣了。

「你老婆來了。」高翦梨提醒上邪，「你總不會在她面前揍人吧？」

上邪已經聽不見其他人說話，臉孔發光地跑去接他親愛的老婆。

「誰相信他也有皇儲資格？」高翦梨搖頭。

「皇儲？」君心張大眼睛。

樊石榴壓低聲音，「小君心，我還不知道你來頭那麼大……我是說前世的來頭，你跟上邪還算遠親哩……」

「妳一定要在這兒爆八卦？」高翦梨皺眉，「等等上邪把妳揍扁。要爆麼……換個咖啡廳爆？」

她們一陣風似的將君心簇擁而出，火速換了家咖啡廳。

這對許久不見的花神老闆，還是這麼熱愛惹麻煩和八卦，搞不好到末日還不改，眞是令人驚歎的堅持。

「你知道上邪為什麼叫作上邪嗎？」

君心搖了搖頭。

「意思就是『在上位的、世尊豢養的邪魔』。」樊石榴得意洋洋地說，「這可是月老喝醉的時候說出來的，驚天動地的大八卦啊。」

「猨猊族的女孩子都超美的。」高翦梨也興致高昂，「我見過一個，眞是比山鬼還美……可惜幾乎都在魔界。」

「所以才有上邪啊。」

「……妳們能不能說重點？」

前任天帝炎山帝除了玄女、女媧和幾個早夭的兒子，並無子嗣……最少炎山天帝是這麼認爲。

在天地都還年輕，天界分裂還沒開始之前，當時年少的炎山帝尙未即帝位，和猨猊族的女兒少艾相戀，但世代爲后族的伏羲大爲憤怒，最後硬生生拆散了這對戀人，納開明的姑姑爲后。

但最後還是爲種種摩擦和神族長生等問題展開戰爭，猨猊因前隙投入了叛軍。

這場戰爭非常久，久到綿亙兩任天帝（前任炎山帝，現任天帝雙華），久到天柱斷裂，列姑射島分崩離析。

炎山帝一生都在戰爭中，完全不知道少艾幫他生了個兒子。

那孩子跟著殘軍到魔界，熬過了魔界的瘟疫，頑強的和羽族公主生下一個子嗣——正確的說，是一只卵。那只卵一直沒有孵化，在神魔和約簽訂之後，這只卵成了燙手山芋。論理，這是炎山帝的子嗣，也是天孫，擁有合法的天帝繼承權，但考慮到政治面的問題，難保天界不因此生事端。

毀和不毀都是災難。束手無策的魔界至尊，不抱著什麼希望的，向一直嚴守中立的佛土世尊求助，意外的，世尊居然接過了這只充滿變數的卵。

於是，三千六百年前，上邪誕生了，他誕生在世尊的懷裡，成了世尊豢養的妖魔。因爲祖父的血緣，他擁有正統雷法；因爲狻猊原是與麒麟並駕齊驅的聖獸，所以和聖獸淵源極深。

正因爲他的血統特別混雜，所以能力特別強大。

所以他叫作「上邪」，在上位的、世尊豢養的邪魔。

君心張大嘴，「……妳們怎麼會知道？」

樊石榴瞪了他一眼，「你很笨欸，就跟你說是月老喝醉了……」

「月老怎麼會知道？」

「老一輩的幾乎都知道啊。」高蒴梨吃著布丁，「只是沒人敢提，誰敢惹那個瘋婆娘？」

……眞是錯綜複雜的親屬關係。

「很勁爆的八卦吧？」樊石榴加點了一杯漂浮冰咖啡，「欸，就算是廢貶爲妖還是得吃飯的，我們有很多案子欸，你要不要接啊？現在沒人管了，你要不要繼續接案子？」

誰要跟妳們這兩個麻煩製造機共事……但他頓了一下。她們像是天生帶著麻煩磁鐵，走到哪吸到哪，而這些麻煩，往往可以循線找到微塵。

現在的他，很歡迎麻煩。

「我們也是要吃飯的喔。」他攤了攤手，「說說看？」

第七章 幻影徵信社

悄悄的，這棟破舊的磚造建築，掛起一個不起眼的招牌：幻影徵信社。

這棟平房磚造建築年代久遠，原本是台鐵的主管宿舍，但荒棄已久，座落在火車站附近錯綜複雜的巷弄中，君心又用了多重的禁和咒將之掩蓋起來，讓尋常人不會輕易走進來。

畢竟這裡常常處理不尋常的事情。

或許花神老闆惹麻煩從不手軟，但她們的宣傳能力（或說死纏爛打的功力）的確非常厲害，這個重新開張的幻影徵信社很快就有生意上門，並且源源不絕。

雖說天界喊要封天喊得震天響，但上千年來一直沒有徹底執行，直到近幾年才稍微認眞點，只留重大通道，但王母這次御駕親征，搞垮了東方天界，讓各界大大震驚。

魔界本來就基礎脆弱、疫病橫生，第一個封個乾淨，眞眞是當機立斷；冥界愼重考量之後，也封了所有人間通道，原本冥界的存在就是爲了維繫三界和平與平衡，在這種情形之下，唯有不再干涉人間才是上策。

繼魔界和冥界之後，他方天界也不想涉險，一一關閉通道，而向來中立的佛土早在千年之前就已經卓然離塵，不問世事已久。

這對日漸走向理性的人間並沒有太大的影響，在這個時候，表、裡世界的屏障依舊存在，信仰科學的人類只覺得災害異變增多，但總會有科學而合理的解釋。

但並不是有了解釋，就可以解決一切。

之前神魔干涉人間，尚可壓抑妖異和妖族，但封天絕地之後，兩大勢力都撤出人間，從另一個角度來說，成了一種無政府狀態，初期的混亂可想而知。

但所有的混亂，都會趨近於新的平衡，而且人間早在數千年前，以宗教、以信仰，早暗地裡發展出無數組織處理裡世界的事務，更在科學文明的近代整合起來，假託在國際組織「紅十字會」名下，透過政治和外交的力量，與各國政府合作，處理人間各種異族糾紛和罪行，維持秩序。

封天絕地後，紅十字會因爲更爲層出不窮的靈異案件，更顯得特別重要，受到各國政府極度的重視。他們也不負這樣的重視，很快就結束了因封天絕地帶來的混亂。

或說，大部分的混亂。

但失去神魔天敵的壓制，的確讓某些異族和妖異猖獗起來。此時的人類和眾生對於末日尚不知情，然而末日的確照著未來之書的規則和劇本悄悄開始運作。

別人可能不清楚，但君心明白。未來之書讓他看了太多內容，他深深知道來龍去脈。

所以，他知道，世界在遙遠的過去早該毀滅了。在玄所看守的天柱折斷的時刻，就該走入末日，但當代的彌賽亞雙華，轉化爲神族，上天爲帝，成爲天柱的化身，他奉獻了人生延緩了末日。

他甚至知道未來之書欺騙，或說誤導了玄，讓她盜取了雙華帝的元神，生下不完整的天柱化身，很殘忍的，連這他都知道。

他更知道，雙華帝已經是極限了。在他駕崩的那一刻，天柱就等於崩毀，條件滿足，末日就會來臨。

在這之前，人間將會動盪不安，天柱的混亂和衰頹造就了「無」的猖獗和地維的脆弱。

而妖異這種詭奇的魔物，又與「無」的關係非常深，甚至可以說是「無」的副產品或眷族。

這就是爲什麼一直無法成氣候的妖異，會在徹底封天絕地之後大大肆虐的緣故，尤其是列姑射島上的妖異，更有機會得到殷曼的微塵，成爲智能高超、能力卓越的恐怖妖魔。

這就是他們生意這麼好的原因。這種生意好，他眞的一點都不想要。

他們成了中都的一個傳奇，一個神祕流傳，像是都市傳說的傳奇，在凡人間悄悄流傳著。

有一家幻影徵信社，悄悄在隱蔽的巷弄裡開著。

經過了嘈雜的火車站，走過骯髒囂鬧的站前，拐過幾個地圖上的彎，就可以看到，但是看到，你不一定進得去。

但是，你若被怪事纏身，若是覺得暗角總有著粗喘的呼吸，或者，你總是做著相同的夢，或許你就有辦法進去。

也有可能，很有可能，在某個奇特的日子，讓人攔了下來，遞給你奇怪的名片或宣傳單，你會莫名其妙的覺得非去不可，那麼，你也可能走進那個小小的院子，進入那棟總是很破舊的平房。

然後你會看到那個清麗的少女，睜著像是有著無數古老智慧的美麗眼睛，細心地聽著你說話，她的聲音那樣低沉悅耳，像是可以洗滌一切憂傷，她倒的茶那樣芳香撲鼻，帶著深刻的茉莉花香，喝下去就會得到久違的安眠。

但是醒來往往看到滿目瘡痍，和接到一張貴到眼珠子會掉出來的帳單。

然後你就回到人世間的常軌了。你不再做著相同的夢，暗角不再出現粗啞的呼吸，你也不再恐懼，你像平凡人似的戀愛結婚生子，只有每個月去匯款的時候會想起那個少女，那個奇異的經驗。

常常你會覺得，這就是都會的傳奇之一。當有人睡不好，有人怪事纏身的時候，你會充滿同情地看著，然後悄悄把電話和地址抄給被困擾的人，往往沒多久，那個人會來大罵帳單貴得離譜，卻不可解釋的，每個月去分期付款，不會拖延。

一則在列姑射島耳語似的傳奇。

對人類來說，就是這樣而已；但對殷曼和君心，卻不是那麼簡單。

他們的生意好得出奇，但獲利極微，雖然說他們的重點也不在獲利上面。但你知道，整修房屋是筆不小的開銷，而且幾乎每做一筆生意就面對幾乎要重建的斷垣殘壁。

「我們還是要吃飯的，還有瓦斯費電費水費網路費要繳。」殷曼沉默了一會兒說。

「……我修。」

如果說幻影徵信社重新開張對君心有什麼助益，就是他修屋頂的完美度一日千里，甚至在耳濡目染之下，對木工和泥水工也頗有心得了。

「這不是好辦法，你要學著控制。控制和壓抑是兩回事，你怎麼都學不會呢？」殷曼很無奈。

君心搔搔頭，「人都有行和不行的部分。」

「……」

在這種屋頂頻頻爆炸的狀況下，殷曼的微塵追回的數量越來越多。這是感應到末日將臨，因為「無」的數量驟增，妖異也因此旺盛躁動的結果。

吞下微塵的人類本能地感覺到危機，而猖獗的妖異更貼近人世、迫切地貪婪。

在這種一觸即發的緊繃氣氛下，原本不問世事的高人和修道者再也沒辦法袖手旁觀。

這樣的高人和修道者數量已經非常稀少。他們明哲保身，嚴守中立，通常以修仙為平生唯一志願，他們可能本領高強，但絕對不干涉人間的運作。

這樣的高人全世界加總也沒有幾百，住在列姑射島的不滿十位數。但這樣莫名躁動的氣氛也影響了他們，有幾位忍不住，稍稍放鬆了原則，原因只是不忍心。

他們或將惶恐的事主交給花神，或者誘導他們去尋君心和殷曼，但自己是絕對不插手干涉的。

因爲，他們也不得不承認，他們抗拒不了大妖微塵的誘惑。

身爲修道者，他們比凡人更了解微塵致命的美味，啖食一粒微塵，境界將可一日千里，不可同日而言。但修到這種地步，他們也沒有把握，內心深處是否依舊潛埋著惡念，更沒有把握在消化微塵中會不會引來妖異，反被妖異吞噬，增添人間更邪惡的災難。

凡人可以沒事，是因爲他們沒有修煉。他們什麼都不知道，讓微塵安靜地待在自己體內，人類的身體雖然脆弱，卻是非常好的容器。

大部分的時間都不會出事，大部分。

但他們不同。

一旦走向修仙之路，他們就已經是「非人」了，隨著道行增長，他們和人的關係越來越疏遠，和妖異倒是越來越接近。

他們不敢試。但那個奇怪的飛頭蠻弟子，似乎沒有這種問題。

這些世外高人，間接地造成了幻影徵信社的生意興隆。

在第一波高峰期過去，四年的光陰匆匆而逝。

當他們從陸先生那兒取出微塵，已將散在人類身上的微塵收集大半，接下來的工作就輕鬆多了。

隨著微塵回歸，殷曼的魂魄不再破碎得那麼厲害，她漸漸恢復最初和君心相遇時的模樣，擁有大妖出塵而淡漠的心性，帶著微微厭倦的嘲諷。

回歸的能力可能十不及一，但她大妖從容的尊嚴已經回來了。每得回一顆微塵，她就更成熟了一點點，人類的微塵總是比較乾淨一些，她消化起來也比較輕鬆。

這樣頻繁的淨化與吸收的過程，無形中也成就了她的修行，她和明玥學到的基礎、水曜爲她講解的法門，都成了築基的一部分。其實修行，諸般法門都只是給個方向而已，眞正需要的是不斷的挑戰與鍛鍊，不管是外在的爭鬥或內在的戰爭。

她的確不斷接受挑戰。她滾著微燒的情形越來越少，筋疲力盡的時候也不多。她開始有著一種淡然的自信，雖然常常受到飛白（註一）的困擾。

是的，飛白。

這是一種記憶殘留現象，宿主在微塵中投射了最深的思念，她也因此知道許多人的狂喜與懊悔。在頻繁接觸人類強烈的念時，不知不覺中，她也深受影響。

或者說，她在這樣的浸潤中，越來越像個人類，經過這麼多折磨和困苦之後，她終於眞正的「化人」。

她和君心都不知道這樣的變化，因爲這是史無前例的。從來沒有一個妖族在化人失敗後存活下來；從來沒有妖族在失去內丹之後，在這麼短的時間內恢復過來；更沒有妖族在魂魄破碎成斷垣殘壁，還可以從一無所有中修煉出元嬰。

就像君心以妖入道，用內丹培植回元嬰一樣，她也反其道而行的以道入妖，結出了元嬰，又再次的結出內丹了。

無疑的，這是漫長的人類或妖族修仙歷史中，絕無僅有的絕大成就，但他們兩個一無所覺自己走出怎樣佈滿荊棘卻精采無比的道路。

他們依舊安靜地住在一起，每天早晨做著早課，默默吸收日光精華；攜手去買菜，共同整理家務（偶爾還要一起修屋頂、粉刷牆壁），過著一種尋常人家的生活。

既不知道自己的修煉有多驚世駭俗，也不知道自己取得多重大的成就。

只是這樣平淡的生活在一起。或許所謂的修行，不是如何的苦修、持戒或宗教，說不定，說不定所有修行的法門，都藏在平淡的日常生活中。

至少對他們來說是如此，雖然他們自己渾然不覺。

殷曼漸漸回歸的能力，成了一個甜美的誘餌，這讓君心捨去許多奔波的時間。當她的魂魄回歸越多，開始有了決定性的份量時，身有微塵的妖異或妖族，就會更被吸引，產生一種貪婪的、類似孺慕的渴望。

微塵希望回歸而完整，宿主渴求魂魄美味而急躁，這兩種希望讓他們發了瘋似的前仆後繼，設法走入君心佈下的迷宮。

或者說，君心佈下的精緻陷阱。

原本他的禁和咒只針對人類，他修得很差勁的結界剛好起了作用，防堵人類綽綽有餘，阻止異族卻跟衛生紙沒兩樣，但這也剛好是他們的希望。

君心若沒有出差，自然由他輕鬆打發，雖然代價通常很慘烈——大約要花兩三天修理屋頂和房屋。自從他覺醒，氣海的禁錮潰堤，他的修為大大飛升了好幾個階段，雖不如前世的開明，卻可以使用若干開明時代的法術與修煉法門，這讓他的修行突飛猛進，只是他的控制力依舊差勁，能力的暴烈常常需要經過破壞才能發洩，他的方式就是乾脆把屋頂炸了，這說不定是殺傷力最小的宣洩管道。

若君心出差去，只留殷曼看家呢？

現在的殷曼，也非昔日可言了。

隨著微塵回歸，她日趨完整、安穩，雖然記憶依舊破碎，但她這樣一個勤學懇讀的大妖，當記憶不夠完整時，她用知識補足，甚至還可以跟回歸的微塵記憶相印證，反而得到更多感悟。或許不如當初圓滿的大妖，但因爲失去力量，所以她更會珍惜力量，謹愼力量，既不誤用，也不讓力量所誤用。

她恰恰與君心相反，她的控制力遠大於爆發力，向水曜學來的結界加上日漸回歸的微塵記憶結合，讓她在禁制、結界上面有很亮眼的表現，但這些都比不上她淡漠的溫柔和專注的傾聽，這才是被她制住的眾生或妖異不能抗拒的地方。

對眾多紛飛的微塵來說，她是個母體般的存在，最大的心願是回歸完整。身有微塵的宿主，難免會被微塵所影響，雖然食慾總是會佔上風，但被殷曼的結界困住，她溫柔而理解地傾聽自己的不滿和憤怒時，往往焦躁和痛苦會漸漸平息。

尤其是妖異，感受特別深。

會成為妖異往往是太執著於「生」這個念，想要繼續人生，想要繼續活下去，所以貪婪地攫取所有活物，需要藉由存在更接近生命。

從來沒有人嘗試了解他們，只有厭惡和恐怖，雖然他們也會自我厭惡著。

但這個他們想吃掉的、致命美味的飛頭蠻，卻這樣專注地傾聽他們的痛苦和咆哮。

雖然依舊難以逃離被消滅的命運，但死在她手底，往往覺得不太壞。

幻影徵信社闖出了名號，許多半吊子的大師也聽聞了他們的事蹟，親自或間接給了他們許多案件。在這末日將臨的時代，各種異變層出不窮，原本安穩沉睡在人類強大基因下的眾生因此突然抬頭，許多累代爲人類的子孫突然覺醒爲妖。

就像是人類罹患了重症，身體內會大大增生各式各樣的噬菌體和白血球，即使是徒勞無功，也會意圖反抗著要活下去，瀕臨末日的世界也相同的出現許多異變。

這些覺醒的半妖不如純粹妖族世代受到人類社會的薰陶，能夠克制本能，往往會出現血腥暴戾的殘殺事件，表、裡世界原本穩固的屏障，突然出現極大的裂縫。

這些異變，自然也反應在列姑射舊址的島上。

某天早晨，一個政府官員跨越了重重結界，按了幻影徵信社的電鈴。

正要出門的君心和他面面相覷。

他抹了抹汗，恭敬地垂下頭，「請問李君心先生在嗎？我姓林。」他遞出了名片。

君心疑惑地接過名片——「都市計畫處　林雲生」，他瞪大眼睛，仔細看著地址……總統府?!

在總統府辦公的公務員來他們家做什麼？

「這個……有什麼事情嗎？」他知道自己的結界差勁到管九娘要把他逐出門牆，但也沒差勁到連凡人都擋不住吧？「你是怎麼進來的？」

那些廢柴大師有花神老闆給的VIP卡才能平安進來，這人類官員怎麼辦到的？

林雲生愁苦地彎了彎嘴角，「呃，我是白蓮林家的後人。」

是道家。君心恍然，但道士總是讓他想起羅煞，不由自主的，他露出嫌惡的神情。（但他忘記司徒楨也是道家，說不定司徒楨聒噪到令人忘記這個事實。）

林雲生將他的厭惡看在眼底，苦笑了一下。「李先生，我是政府負責裡世界事務的窗口。」

這讓君心神情稍緩，「請進來坐吧。小曼姐，我們有客人了。」

註一：飛白（感謝murderdoll提供），修辭學裡的飛白定義是這樣子的——

爲了存眞或逗趣，刻意把語言中的方言、俚語、吃澀、錯別，以至行話、黑話，加以記錄或援用的，叫作「飛白」。所謂「白」，就是白字，也就是別字，所以飛白又可稱爲「飛別」。簡單地說，就是本來不應該出現在書面上的字詞，爲了逗趣而特地保留下來的狀況。

以定義來說，本來不應是小曼的記憶，而清洗過後的微塵理當也不應夾帶著這些不屬於小曼的記憶片段，本來不應該保留下來、卻保留下來的記憶，和修辭裡不應該紀錄、卻記錄下來的字詞，兩者意思上是很相近的。

（飛白定義引用自《修辭學》，黃慶萱著，三民書局印行。）

第八章 異變

林雲生隨著君心走進來，看到殷曼時，不禁一怔。

白蓮林家屢遭戰禍，傳承到他這代，已經凋零得差不多了。典籍幾乎亡失殆盡，僅有幾項家傳絕學還留下來，他的兄弟還學了點，他本人是一點都不會。但他是白蓮林家少有的通靈人，可以看出眾生本相，這本領讓他成了政府對裡世界窗口。

這清麗的少女卻讓他看不出眞正的本相。

愣了好一會兒，他才醒悟到，這應該是化人後的大妖飛頭蠻殷曼，但她有大妖的氣度，卻沒有大妖的能力。

君心輕咳一聲，才讓他驚覺自己的失禮，忙將視線轉開。

「這是我師父，大妖殷曼。」君心介紹著，「小曼姐，這位是政府方對裡世界的代表窗口。」順手將林雲生的名片遞給殷曼。

殷曼看了看，點了點頭，「您好，請坐。我去沏茶，請慢談。」

盯著殷曼的背影，林雲生忍不住問：「爲什麼……」

君心打斷他的話，「我猜想這與我們要談的事情無關。」

林雲生聰明地轉開話題，「看來李先生快人快語，我也不客套了。我聽聞了李先生到處收妖除魔的事蹟，深感佩服，眼下出了極大的事情，實在求助無門，紅十字會已經疲於奔命，要等他們排到檔期來處理，恐怕會到不可收拾的地步。」

他沉重地嘆口氣，「若以往禁咒師還來小憩，尚可委託她幫忙，可惜她失蹤已久……」

禁咒師？他聽過咖啡廳的叔伯阿姨提過這個謎樣的人物，還有她說不出是強還弱的小徒，但很奇怪，時機總是不湊巧，他們從來沒有碰頭過。

「失蹤？什麼時候？以往都是她在處理的嗎？」他不再那麼拒人於千里之外，畢竟他對這對師徒也感到好奇。

「中都大地震……你知道嗎？大地震發生在年中，她年初就失蹤了，我很擔心她是不是捲入了……這兩者不知道有沒有關係。」

「……應該沒有。」君心遲疑了一會兒，「沒有，大地震原因跟她無關。」

林雲生盯著他一會兒，「你知道大地震的原因嗎？」

我是事主，我會不知道？君心短促地笑了一下，不過他感覺到，林雲生正在評估他。「那是王母玄御駕親征的結果。這結果引起天界異變，目前各界封閉了所有管道，因爲各邊界的裂縫日趨擴大，力流混亂，禁不起任何神力或魔力的刺激。」

林雲生鬆了一口氣，表情輕鬆起來，「看起來我找對人了。」

各式各樣的異變層出不窮，身爲裡世界窗口和負責人的林雲生一直疲於奔命，但情形還在掌握之中。多年擔任裡世界窗口的他，早在異變之前就意識到不能靠來渡假的禁咒師消弭日漸增多的災難，也不能倚靠紅十字會的派遣人員，力爭經費成立了一個特搜小組，專門對付與日俱增的奇特案件。

這個特搜小組和一個學術組織「夏夜」建教合作，成績斐然，但終於發生了他們沒辦法應付的難題。

「六年前，因爲王母玄引起的天災地變，各界紛紛關閉通道，徹底執行了封天絕地令，原本人間就不該由他方插手。」林雲生冷靜地指出重點，「況且現在力流混亂到這種地步，也經不起任何刺激了，說起來徹底封天絕地反而是好事一件，但人間居民總有一些異想天開的舉動。」

「比方說？」

林雲生長嘆一聲，「先是吸血族挖了個洞通往魔界。這個小而深的洞引起很大的混亂，雖然緊急封閉，這個渡假小島還是一夕被莫名的海嘯呑沒了。」

君心變色，他在報紙上看到過這則慘劇。

「我聽過紅十字會的彙報，當初封閉通道以後，以為沒事了，就疏於防範，坦白說，就算防範也只是多死幾個幹員……通道封閉後半年，後遺症還是引起海嘯，這眞的……很遺憾，誰也沒料到脆弱到這種地步，脆弱到……沒辦法彌補的程度。」

君心低頭想了想，「那是吸血族又在列姑射舊址打洞麼？」

林雲生苦笑，「這次不是吸血族，也不是在這島上，但距離列姑射非常近……」

他緘默片刻，「有個跨國的財團買下了鄰岸在海峽的開採權，名義上是探勘石油。」

「實際上呢？」君心有劇烈不祥的預感。

「他想挖個洞通往冥界，證明冥界的存在。」

驚駭過度，這種極度荒謬的感覺讓君心笑了起來。

「你開玩笑吧？」君心笑到停不下來，「誰會花大錢做這種事情？而且這不是科學的力量可以辦到……」

「的確不是。」林雲生也跟著笑，他剛聽到情報的時候也這樣笑個不停，視爲一個笑話，但更多情報傳到他手裡的時候，他就不太笑得出來。「他們的團隊有一團來自吸血族的咒術小組，我猜想，會有這樣異想天開的舉止，大約也和他們的唆使有關。」

「技術面上辦得到嗎？」君心不笑了。

「相信我，夠多的經費就辦得到，他們都能朝魔界打個洞了。」林雲生攤了攤手，「何況他們選的地點就是正鬼門，比起通往魔界，那裡薄得跟蛋殼一樣。」

「……距離列姑射多遠？」

「一百海哩不到。」

君心跳了起來。若是海嘯重臨，一百海哩根本是個笑話，他和殷曼所在的這個島，所有他在意的、親愛的人，都得一起喪生在海嘯的威脅之下了。

「那你們還在等什麼?!」他幾乎是尖叫，「就這樣眼睜睜看他們打洞？天啊，他們在想什麼，你們又在想什麼？」

「他們在想什麼我們怎麼會知道？」林雲生也大聲起來，「我也不懂打這個洞有什麼意義啊！但我們能怎麼辦？政府方有諸多外交上的顧慮，一個處理不好就是戰爭，我們也希望有辦法可以去炸了那個鑽油平台，問題就是辦不到啊！我們的人都是學者和異能者，不是特務！我們想去拚命還得顧慮到種種政治環節，我也不想眼睜睜看著災難來臨好不好？我老婆小孩都在這個島上，親戚朋友一大堆！」

兩個男人怒目而視，殷曼端出茶來，她平靜的模樣讓他們的火氣略緩，別開臉來。

「那麼，」殷曼平穩地開口，「我們可以做些什麼？就算毀了他們的平台，他們還是可以重建。」

林雲生抹了抹臉，「打這種洞又不是鑽石油，隨便打隨便就通的，這還要諸般天時地利人和才能辦到，若毀了他們的契機，他們在兩三百年內找不到更好的時間點。這當然是非常危險的任務，如果你們不想接下來我可以了解……」

殷曼沉吟了一會兒，「我們會去。」

「小曼姐！我……」

君心才開口，馬上被殷曼打斷，她泰然自若地回答：「一起去。逼到家門口了不是嗎？」

「但我不想讓妳……」

「一起去。」她溫和卻不容置疑，「你該聽我的，你是我的徒兒。」她轉開眼，「……別再分開了。」

君心愣了一下，沉默地垂下頭。「我們會一起去。」

感謝上蒼。林雲生暗暗鬆了口氣。不管會不會成功，最少有個開始。

「關於酬勞……」他開口。

「不需要，我也不知道能不能活著回來……」君心不耐地揮揮手。

「你會需要這個頭期款的。」林雲生斬釘截鐵地說，放下一個水晶瓶，瓶底大約拇指大的碎片閃爍光耀。

君心的血色褪盡。數量這樣龐大的微塵……這對他來說是無上的報酬。

「這些日子，我們特搜小組收到不少這種微塵，後來都委託崇水曜保管。你認識崇水曜吧？是她推薦你的……這也是崇水曜要我交給你們，她已經盡可能地淨化，應該沒有問題。」

林雲生緘默了一會兒，「將這樣的重擔交給你們，我很歉疚，但請你們相信，不管成功與否，你們都不是孤單的。我們之前無意間得到微塵，之後也會幫助你們收集，我爲列姑射島上所有生靈感謝你們。」

「……我會盡力。」君心的神情轉爲堅毅，「我們會竭盡所能。」

他站起來，和君心慎重地握手。

臨行前，君心叫住他：「你應該知道禁咒師和地震沒有關係。」

林雲生笑了，「是，沒錯。我只是想了解你知道多少，能不能託付。」

果然，這狡猾的公務員。「禁咒師的下落，你應該知道吧。」

「地震隔年，她回到列姑射島，停留了一年，出發去南歐，然後又失蹤了。據說被扣留在獨角獸的領地，紅十字會交涉了好幾年，一點結果也沒有。」他嘆息一聲，「哪裡有麻煩，她就愛往哪裡奔。」

「她的弟子也去了嗎？」

「那當然啊，明峰總是跟著她的。」林雲生覺得非常理所當然，「他可是禁咒師最疼愛的弟子。」

「……如果可以生還，我很想見見他們。」君心笑笑。

「說不定可以安排，說不定。」林雲生碰了碰帽沿，告辭了。

這個「頭期款」，讓殷曼補足了將近三分之一的魂魄。這些微塵中，有不少重大事件和法術的記憶，很奇特的，幾乎都集中在與君心相處那幾年，以及與開明住在一起的時光。

眞是個有趣的巧合。殷曼悄悄地彎了彎嘴角，透過淨化的微塵，她知道有半師之緣的水曜進展又有所突破，淨化過的微塵讓她毫不費力地吸收，一點不舒服的感覺也沒有。

但水曜再怎麼厲害，依舊無法除去飛白，那些眾生的記憶殘留，但殷曼卻不覺得有什麼關係。

這就是命運的滋味。無論清濁，都得一氣喝下。

她想起，狐影說過：「沒有不捨，就學不會捨，也無從捨。」

她之前修煉，完全不問世事，卻遇到境界超前而無法化人的窘境。除了抗拒成爲人類，或許也因爲她抗拒命運的無常。

但這種抗拒，難道就不是一種我執？她想成仙的初心，不就爲了種族的延續？

這也是命運的一部分、人生的一部分。

不去擁有就不需要學會「不捨」的課題，但沒有不捨，她也不會了解需要捨的決心。

她自以爲通透淡漠，已悟道心，但事實上，她反而讓這種執著綑綁束縛，成了另一種我執。

不入世，侈言出世？難道可以未出生就了解死亡眞諦？

她用一種嶄新的感悟審視自己，在這頓悟的瞬間，讓她的境界又突破了一個關卡。

當時的她，渾然不覺，只是，即將啓程的時候，她發現，她居然取回了飛翔的能力。

這當然讓君心非常驚奇。他一直明白，就算他收集全了微塵，那也只是大妖殷曼一半的魂魄而已，另外一半，在小咪那邊。他不抱什麼希望的，只願殷曼不受魂魄破碎之苦，這才勤於收集微塵。

至於小咪和殷曼，已經各自發展出獨立思考的人格，他並沒有打算硬要她們融合在一起。或許就共修，可能相處上會有一點問題，但要考慮這些小小的痲煩，還得先解決如何從帝嚳那兒搶回小咪。

他想得太遠了。

簡單說，他認同現在的殷曼理應可以修仙——任何普通人類都能辦到，能不能勤苦用功而已——但他不認爲殷曼可以取回飛頭蠻的能力。

但現在，她耳上長出羽翼，輕鬆地飛翔起來，像是一生都是羽族一般，他的眼眶發熱。

殷曼含笑偏了偏頭，飛了一圈給他看。「雖然能飛了，但氣不足，飛不了很遠。」

「沒關係，我飛。」君心伸出蝙蝠似的黑色翅膀，抱著殷曼起飛。

前途未卜，但他們兩個的心跳穩定。

「背著我比較好飛。」殷曼提醒，「抱久了你手會很痠。」

「抱著比較安全。」君心收緊雙臂，非常愛惜地。「我喜歡這樣，我不累。」

她睇了君心一眼，笑了出來。

「……爲什麼笑？」他有些不知所措。

「以前，我會想辦法離你遠一點，希望你可以獨立。」殷曼望著飄飛的雲海，「但你總是想辦法追上來。」

「……對不起。」君心有些狼狽。

「該說對不起的是我。」殷曼的眼睛有些曚矓，「我自以爲清明通透，事實上，我才是看不透的人。所謂道，不過是依循我心，而不妨礙他人的『我心』，如此而已。」她有很多感悟，言語卻無法盡訴，掙扎了片刻，她嘆了口氣。語言向來都是這樣不準確的東西。

「說不定你的執著才是對的。」

聽著獵獵天風，回首過往，君心只覺得陣陣心痛。「……執著和貪婪有什麼不同？我強留妳。」

「或許正確的答案並不存在。」殷曼回答，「是因爲我想留下，你才留得住。執著和貪婪說不定沒有什麼不同，說不定。執著是貪婪你份內的人事物，貪婪是執著不屬於你的人事物，差別只在這裡。」

他們沉默了許久，咀嚼著這段對話，各有各的領悟。

「我愛著妳。」君心很小聲地說，幾乎被震耳欲聾的風聲掩蓋過去。

望著廣大平滑的雲海，一碧如洗的晴空，殷曼悄悄地，彎了彎嘴角。

「我知道。」她說，「我也愛你。」

他們悄悄降落在鑽油平台。

或者可以說，僞裝成鑽油平台的災禍啓動器。

這個在海上建築出來的人工島嶼，除了揮汗工作的人類員工，還夾雜了不少吸血族。或許是吸血族的關係，這個人工島嶼充滿了各式各樣東方西方的咒文，迷惑咒、反縛咒，混亂咒……防禦得滴水不進。

他們只能撿平台伸出的巨大機械臂降落，望著多到幾乎噁心的各式各樣咒陣。

君心盤算了一下，若要不驚動任何警報，就得解除這些數量龐大的咒陣，但光要解除甲板上的咒陣，他起碼得花上一個禮拜的時間，更不要提他的禁制學得其糟糕無比，耐心解不知道要解到何年何月，過程中一定會觸動警報。

讓小曼姐來解？她細心、擁有烏龜般的耐性，當然是沒問題的，但她雖然恢復了三分之一的魂魄，依舊氣虛體弱，解咒又是很耗費氣血的事情。

「打進去算了。」君心低語。這還比較符合他的專長和個性，何況他最近剛把飛劍修煉鍛冶過，也有點想試試。

殷曼不贊同地瞥了他一眼，「這是最不好的辦法。」

偏頭想了想，她朝君心伸手，「手來。」

君心想也沒想，就把手放在她手上，一點猶豫也沒有。

「噗。」殷曼笑出來，「連問也不問？如果我要你叫汪汪呢？」

君心摸不著頭緒，卻很聽話。「……汪？」

殷曼大笑起來，君心不知所措地看著她。

這傻孩子。一點懷疑也沒有的傻孩子。

「把你的光借給我就好了，一點點就夠了。」她閉上眼睛，感受君心與生俱來的光。

他前生名爲開明，是和太白君星共掌黎明的神明。他與光的關係非常深，轉世之後依舊如此，或許就因爲如此，誤打誤撞的以吸收日光精華爲主要修煉手段，讓他的進展不同凡響的迅速。

在殷曼還是孩子的時候，很熟悉開明的法術。年紀尚幼，她就是個聰明早慧的天才，雖然沒有正式學過，但她看到幾乎會了。

從君心體內取出一些微明，而這一點微明漸漸強烈，籠罩了他們兩個，讓他們解構成兩道光影，流沙似的隱沒在陽光中，隨光影飛馳，輕而易舉地突破重重咒陣和警衛，直到下層甲板，然後經由照明的燈光跳躍，直到陽光的效力完全消退爲止。

他們已經入侵了核心。

等重新聚形以後，君心驚駭地大口喘氣，緊緊貼在牆上，汗如雨下。他當然知道開明記憶裡所有的法術，就像每個人都知道青蛙該怎麼解剖，但敢不敢動刀又是另一回事。

「這這這……」他結巴起來。

殷曼卻誤解他的驚駭，「你想問原理？這倒很難解釋，不過根據能量不滅定律……」

君心咽了咽口水，「我不是問這個……不，沒事。」

有時候殷曼很讓他吃驚而瞠目。她從來不去想辦不到這種事情，她對自己有種篤定的信心，任何膽怯的情緒都沒有。

這到底是好還是不好？

「……萬一失敗呢？」君心低語。

「不會的。」殷曼專注地傾聽，「我看開明叔叔用過好幾次了。」

「他沒教你？只是看？」

「這是很簡單的術法啊……表面上看起來很複雜，事實上原理很簡單，用不著教吧？看看就該會了。」

……跟天才說話往往令人感到非常挫折。

他極目四望，他們不知道在平台之下多少層，從模糊不清的玻璃窗看出去，幾乎沒有魚，沉重的耳壓讓他知道，他們應該在深海之中，地板傳來沉悶的震動，讓人有種暈眩欲吐的感覺。

互望一眼，他們謹慎地往前走去。或許吸血族對他們的咒陣非常有信心，下層幾乎沒有太多防護，連警衛都很少。

他們小心地躲開警衛，循著安全門的樓梯往下走去。

直到他們幾乎被劇烈震動的地板掀翻過去才停下來。

在機械嘈雜轟隆的噪音中，另一種緩慢而森然的誦唱漂浮在噪音之上，沒有間斷地持續著，他們輕聲飛上安全門的氣窗上，朝著外面張望。

居高臨下，他們看得更清楚。

他們來到一個極大的工地。裸露的土地上泥濘著覆著一層沙土，極大的鑽頭不斷往下鑽，挖出來的沙土用傳送帶排出來，隨著巨大的管子排進海裡。

這原本是尋常的工地景象，但不尋常的是，一群穿著黑衣、臉孔蒼白的人圍著這個大鑽頭成一個大圈，燃著味道奇特的香和蠟燭，泥地上繪著奇異的咒文圖案，不斷唸著聽不懂的經文。

「吸血族。」君心皺緊眉。數量真是可怕的多，他目測除了那群唸經的傢伙，起碼有五、六十個吸血族保鑣擠在這個工地裡，毫無忌憚地拿著槍。

「吸血族的術師。」殷曼沉吟片刻，「能力很卓越的術師。」

沉默了片刻，他們小聲討論了一下戰術。

「只能這樣了。」殷曼輕嘆，「君心，我要告訴你……這裡不能炸。我相信槍炮子彈打不穿這個鑽油平台，但你可以炸個粉碎，可你不要忘記，我們在深海裡，再怎麼說，我們目前都是人身。」

她沒說出口的是，這深海的巨大水壓，夠讓他們兩個人身成爲一蓬血色肉屑。

君心妖化說不定可以撐一下，她可是跑也跑不掉。

她將生死看得很淡，但這傻孩子可不是如此。

君心的臉孔抽搐了一下，有點不甘願地拿出許久沒用的靈槍，「……我盡量。」

殷曼疲勞地嘆了口氣。

—第九章— 幽冥

原本他們的計畫是這樣的——

吸血族的保鑣和術師形成的防護的確牢不可破，但那個巨大的鑽頭卻是人間的產品。

只要是人間的產品，就有動力來源，要破壞術師和保鑣環繞的咒陣很困難，但要破壞巨大鑽頭的動力卻很簡單。

好吧，相形之下比較簡單。

在這麼接近永暗的海底，君心的天賦和能力都受到限制，但殷曼的卻沒事。

她原本就不是屬於陽光和火焰的種族，會用日光精華修煉是和開明長期生活的習慣。嚴格說起來，遭刑廢貶爲妖之前，他們是夔族，夔又稱「夔龍」，是龍族中的一個分支，血緣上比較接近眞龍，就是四海龍王所屬的龍族。雖然不如伏羲、眞龍那些龍族那樣顯赫，但他們也是古老龍之一族。

而龍族有個特性，就是和水的因緣特別深，即使廢貶爲妖，殷曼的法術還是偏向水的陰柔。

他們的計畫簡單而危險，但應該很有效才對。首先，讓君心吸引敵人的注意力，引到上層甲板，陽光效力可及的地方，這個時候，殷曼發動珠雨，阻斷鑽頭的動力，引起巨大鑽頭的內部液壓爆炸，然後已經重獲日光庇護的君心光化，藉著兩個人掌心的咒縛將殷曼「抓」過來，同樣化成光流逃走，一到甲板上，雙雙展翼離開這個因為底層爆炸隨時會沉沒的平台。

「那我上了。」君心抓起靈槍。

殷曼張了張嘴，她其實很擔憂，但說不出為什麼如此擔憂。「……小心點，別在還不能逃脫的時候就炸掉整個平台。」

「妳還在我就會盡量克制。」他將額頭抵在殷曼的額頭上，「也盡量小心好嗎？小曼姐。」

「你知道我的。」殷曼偎了偎他的臉龐，「去吧。」

君心抓著靈槍，從逃生門衝了進去，跳進繁忙的工地，晃了晃靈槍，他咧嘴笑，「嗨。」

驚愕的吸血族看著他，呆滯了幾秒鐘，保鑣呼喝，術師停了咒語，一時槍聲大作，法術雷鳴電閃，君心仗著飛劍護身，反而亂七八糟地朝著巨大鑽頭開了好幾槍，更讓這繁忙的工地亂成馬蜂窩，紛紛追著君心亂跑，子彈術法飛嘯，燦爛如煙火。

等亂夠了，飛劍的防護也開始吃力起來，君心跑向逃生門，跑跑跳跳地往上衝去，後面跟著拚命開槍和拚命施法術的吸血族。

在這團混亂中，殷曼悄悄接近了巨大鑽頭。這眞是個大如太空梭的玩意兒，但動力來源在哪？她拔了一根頭髮，全神貫注，將心神隨著髮絲在機械縫隙中鑽行，在無數電線和零件之中，她發現了來源。支持來源運作的部分，比想像中的還脆弱許多，脆弱到一根頭髮的干擾就足以短路。

嘎然巨響，巨大鑽頭抖動幾下，就寂然下來。

她神情沒什麼變化。取回大妖的記憶，她也同樣取回大妖的從容，她相信自己的能力，卻渾然不覺這是多令人羨慕忌妒的才能。對她來說，成功是很自然的，失敗只會讓她詫異一下而已。

她默默退回陰影中，卻猛然一凜。

身後的力流突然凶暴洶湧，幾乎將氧氣抽了個乾淨。

糟糕。她暗想，失算了。吸血族的咒陣不僅僅是控制鑽頭鑽往冥界，大約還有個不顧一切的爆炸措施。在可能的範圍內，他們的確想要安全謹慎地挖出通往冥界的通道，但若遭到外界干擾，他們寧可犧牲整個平台的生靈，也要強行打開這個道路。

在她眼前，整個巨大鑽頭被吞沒，出現一個旋轉著煙霧漩渦的巨大黑洞，竭盡所能的，她在這巨大黑洞上方結了結界，但湧入黑洞中的狂暴力流讓她幾乎站立不住。

從人間這一頭是關不住的。她思忖著，人間的力流濁而重，會一氣湧向比較輕的冥界，除非從冥界那頭設下結界……但冥界知道有個洞被打開嗎？等他們察覺，不知道是多久以後的事情了。

到那時，人間和冥界會受到多大的影響？

「君心，冥道被打開了。」她默默地，用心音跟君心說，「我要過去冥界那頭設結界，你要不要先回家？我要先弄垮這個平台好阻緩冥道開啓的速度。」

……回家?!妳在說什麼啊？

他還沒回話，已經感覺到整個建築物的結構體都在動搖、抖動，藉著掌心的束縛，他在那票追殺的吸血族面前消失無蹤，瞬間來到殷曼面前。

君心怒火中燒，太陽穴的青筋不斷跳動。

「你不回家嗎？」殷曼有些奇怪地問。

「……妳去了冥界，怎麼回來？」君心的臉孔鐵青。

「總會有辦法的吧？」殷曼困惑地看著他，「你我掌心有束縛啊，說不定使用束縛我可以回去。」

「……妳試過嗎？」

「沒有。」她一派篤定，「不過根據法術原理，應該沒問題吧。」

……萬一回不來怎麼辦？妳怎麼不想想風險這種事情啊？

他一口氣噎著，怒氣無從發洩。「妳弄垮平台的速度太慢了。」他深深吸一口氣，發出宛如怒獅的暴吼。

所有的玻璃應聲而碎，整個結構體開始龜裂、崩潰。

殷曼瞠目看著激情演出的君心，連忙將結界擴大到他的身上，拉著他投入幽深的冥道。

在力流風暴中，拉著君心，她有些責怪地說：「你明明答應我要盡量控制的。」

君心悶悶地看她一眼，已經氣到說不出話了。

這趟旅程是非常難受的。

打開各界通道這種事情，需要極大神通才辦得到，但這樣大神通的神祇已經漸漸凋零，僅存的幾個又不願意重蹈覆轍，讓接壤更加脆弱。

而眾生若要打開通道，需要許多能力卓越的術師共同持咒佈陣，花上許多時間、精力與天時地利人和的配合，才能打開並鞏固一個極為狹窄的通道，能力不足的旅行者往往會死於通道的力流風暴。

而這次的冥道更是術法暴力下的產物，硬生生炸開原本薄弱的正鬼門，通道中力流的極度凶暴和險惡可想而知。照常理來說，人身修煉薄弱、魂魄不全的殷曼應該撐不住才對。

但她巧妙地汲取了君心豐沛的氣與光，讓他們在紊亂瘋狂的力流颶風中，像個發光的小舟，逆流而上。

覺醒的前世記憶，讓君心知道她在做什麼，但她做得這樣自然、穩定，像是打娘胎帶來的術法，讓他瞠目結舌。

請不要忘記，她現在擁有的不過是一半精魂當中的三分之一魂魄和記憶，她的殘缺依舊非常嚴重。

但她對術法的掌握和嫻熟，令人忘記她嚴重的殘缺。

瞥了眼君心發青的臉孔，她平靜地說：「放輕鬆，別試圖抗衡力流……」

「……我放得很輕鬆。」君心勉強擠出話來。

「你的心在亂。」殷曼很誠懇。

「……我不是秦始皇。」君心沒好氣地回答。

「始皇帝？」殷曼一臉茫然，「這跟始皇帝有什麼關係？你某一世是始皇帝？君心，昨日種種恰如昨日死，你若掛念著前生，就會忽略了今世，這對你的修行極度不利。」

連這種電影「英雄」的老梗都不知道，小曼姐，妳也太不問世事了吧？

他又好氣又好笑，正想回嘴，卻突然一怔。她現在的口吻、想法、行爲模式……和最初與她相逢的時候，多麼相似。

「……我記得第一次見面的時候，妳一直念念不忘他們燒了妳的名牌包包。」君心眼眶發熱，「那時我以爲妳是入世的大妖。」

「我在塵世生活，當然要僞裝得像人一點。」殷曼心不在焉地回答，「我也不知道人類花大錢買那種廢物做什麼，我實在看不出來兩百塊和兩萬塊的包包有什麼差別。好不容易買了一個，出版社的編輯都稱讚，我也樂得有個可以唬過去的道具，燒了那一個，我又得再去買一個，我又不太懂人類的審美觀和價值觀，想到購買過程就很煩，我當然會很在意……」

「……我向妳祈禱，妳又願意回應我。」君心低聲。

「你是個孩子。」殷曼沉默了一會兒，輕嘆口氣。飛頭蠻寶愛幼童，憐孤惜弱，那孩子引起她的焦躁，讓她有那麼一瞬間……忘記千百年來的離塵，有那麼一下下，她像是責備自己族弟或族妹，完全不像修道者。

「天下的孩童千千萬萬。」

「但那些孩子沒我渡他一口妖氣，也跟我沒有因緣。」

君心沉默下來，淚凝於睫，喉頭哽著硬塊。回首前塵，那個孤寂的病兒，那個心慈的淡漠大妖，受了這麼多的苦難，他長得這麼大，完全是個成年人了，他的小曼姐……支離破碎的小曼姐，又開始和當初的大妖相彷彿。

思潮洶湧，前世冷心未曾心動，今生才知道心動的滋味。原本以爲，他知道他有多愛殷曼，現在才發現，他比他想像的還愛她，甚至「愛」這個字顯得如此貧乏，不足以形容對她所有美好的情感。

「我不只是愛妳而已。」君心的聲音有些哽咽。

殷曼詫異地望他一眼，強忍著，但嘴角還是彎起淡淡的笑意，「我知道。」

「妳不知道！妳不知道我多麼……」

「我知道。」她凝視著前方的無盡濃稠黑暗，「因爲我也是。」

她像個舵手，穩定地逆著洶湧力流前行，「你啊，在我跟前永遠像個孩子，對別人呢，就不是那麼回事。」她笑，「算了，沒關係，長不大就算了。」

她不想再鬆手了。殷曼握緊了一下君心的手，她不想再違背自己的心了。

「要到了。」殷曼注視著前方黝暗的光，「我想會有點不舒服。」

「只要能跟妳在一起，我不會不舒服。」君心堅定地說。

殷曼噗哧一聲笑了出來，「放鬆些。」

君心很快就懊悔自己的肯定。

他們衝進冥界的瞬間，君心以爲自己已經粉碎了。那種感覺非常痛苦，像是被綁在大怒神上面，用一百倍的速度往下墜落，他懷疑自己的五臟六腑可能統統大風吹，各個移位了。他完全不分東南西北，只覺得全身的骨骼全體脫臼，每個連結處都痛得要命，天旋地轉，上下不分，好一會兒才意識到自己從高空掉落。

慌張地張開翅膀要飛翔，若不是殷曼抓住他的背心，他可能用力衝飛進冷硬岩石構成的大地。

「鬼門在上面。」殷曼泰然自若地指了指天空，她嘔吐起來，臉孔慘白，但那種雍容還是存在著，「吐一吐可以減輕不適感。」

君心照著她的建議，狂吐了一陣子，等他吐到覺得再吐下去會內出血的時候，終於停止嘔吐。的確好多了……起碼比一開始的時候好。

「妳來過嗎？」君心咳了兩聲，嗓眼一陣陣甜腥。

「沒有欸。」小曼回答，「不過萬法歸宗，總有個規律可循，我想冥界也不例外吧？」

……跟天才說話眞的很痛苦。

「我們設法把通道關起來吧。」她語氣很輕鬆，像是關上廚房的門，「我們聯手，應該不難。」

事後他才知道，殷曼口中的「應該不難」，是多麼困難的工作。他們緊急修補之後，冥界調派了最精銳的術士小隊三百人，日夜輪班持咒修復，足足花了一年才讓這個被強行打開的鬼門徹底關閉。若不是殷曼和君心聯手先奠定一個修復的基礎，他們可能要另外耗費好幾倍的人力和時間。

但因爲君心毫不知情，所以只覺得有些吃力，卻不覺得困難。本來憑他們兩個人就足以封閉鬼門，但通道另一頭卻傳來一股極大的阻力。

一張絕麗卻扭曲的豔容浮現在狂暴的力流中，身後傳來陣陣熟悉的咒唱，那麗人穿著時尙，若非出現在這樣詭異的地方，君心一定以爲她是什麼時尙名媛。

「滾開！」麗人的瞳孔通紅，「別礙我的路！」

她身上的氣很曖昧。君心想，交融著吸血族的氣和人類的氣，這麼不自然的組合。

「妳是人類轉化的吸血族？」殷曼有些困惑。

麗人一怔，怒火更盛，「我爲什麼要回答妳？讓開！」

殷曼不答話，更催動禁文，設法將鬼門封住，他們兩方人馬就隔著鬼門角力起來。

即使君心氣海豐沛，殷曼術法運用精妙，但這位吸血族的麗人身後卻有龐大數量的卓越術師撐腰，不說君心覺醒的時間尙短，殷曼原本就體弱氣虛，就算只是當媒介，還是漸漸不支。

鬆不鬆手呢？殷曼考慮起來。不鬆手，她若耗盡氣力，鬼門暢通，造成的損害一定會非常巨大，但她快撐不住了；鬆手退讓，觀對方的心性行爲，大約也不能善了。

當她還在考慮的時候，她發現已經到了極限，她輕嘆一口氣，而吸血族麗人的手已經穿越了鬼門。

她得意地暢笑，正要跨越的時候，卻被一蓬光亮的火苗灼燙，倒退了一步。

「喜兒，妳也夠了吧？」一個面容光潔的青年飄飛於空，神情悲憫，「幾千年來，妳想盡辦法要來尋我，將自己的人生捆綁在別人身上，並不是好的想法。」

「……周朔，你給我出來！」名爲喜兒的麗人跺腳，「你給我當面說個清楚！解婚約是你說了算？我跟你沒完沒了！」

「幾千年前，我已經當妳的面說清楚了。」周朔嘆息，「妳畏懼輪迴，不肯從生死，不然妳若到閻王殿，我也願再跟妳說清楚。」

「你這個自私自利的傢伙！」喜兒大罵，「我怕死？爲什麼我不可以怕死？你扔下我跑來冥界成仙，爲什麼未婚妻的我沒有份？還好意思自稱什麼菩薩，我呸！拋棄糟糠算什麼菩薩?!」

周朔原是驚愕，隨即爆笑，只是有幾分苦澀的況味。「是，我拋棄糟糠，我負心，我是陳世美，還有沒有？我眞是傻氣，當初還爲妳入冥呢……罷了，像是我在討恩情。這些都是我自己的選擇，怨得了誰？妳既然已經從妖道，好好修煉去吧！只是呢，喜兒，天下沒有不毀的萬事萬物，從不見嬌花百日紅，畏輪迴不是好事兒，硬開了鬼門只是讓妳活得更短，還拉不相干的眾生陪葬。

「念在我們舊情，我不跟妳計較。下回兒妳再胡爲，可別怨我強押妳進輪迴。」

喜兒瞪著他，嬌豔的唇兒張得大大的。數千年前，她和周朔原是青梅竹馬，三代世交，同樣是道家名門，她嬌生慣養，好脾氣的周朔任她驕縱，連聲音大點兒都沒有過。

有回她發了場小姐脾氣，將周朔趕了回去，起因也很微小，只是周朔勸她不要太畏懼死這件事情。

她不以爲意，這種小爭執時時都有，終究周朔會來賠不是，和好如初。

但第二天，周朔卻來退親，還將信物玉珮還給她。

她大怒，砸個粉碎，周朔只是望了望她，一言不發地又走了。

原以爲周朔因爲爭吵所以故意氣她，沒想到周朔自此不知所蹤，據說是要專注於修仙。

她個性好強又高傲，哪忍得住這種侮辱？一怒之下，她也勤於修煉，雖然沒有成仙，好歹也長生不老，離她向來畏懼的死亡稍微遠了點。

她修道幾百年，一直不得正果，後來她輾轉聽聞，周朔離了她，集眾鬼而成冥界，現今是冥界主人了。

原來周朔拋撇她獨自成仙去，再也不用面對死亡的恐懼了。

她極度憤怒，又感到苦澀不已。好得很，好得很，遠遠逃去她最畏懼的冥界，當眞就逃得了麼？

既然不成正果，她還拘束什麼？她開始走偏，使用一些奇怪殘忍的旁門左道只求長生，最後她浪遊到西方，自願轉化成吸血族，省了許多修煉的勞累。

她千方百計，想方設法，就是要再見周朔一面。她一直認爲周朔愛她所以怕她，若是見了面，他必定會心軟，會引渡她成仙，所以她設法往上爬，成爲吸血族裡頭的高階主管，爭取打通冥界的企劃案，她迷惑了財團的總裁，讓他甘願掏出大錢成就她的願望。

花了無數時間和精力，結果周朔居然這樣冷冰冰地對待她。

「我跟你沒完沒了！」她強行撲了上來。

周朔只是悲傷地看她一眼，毫不留情地揮了揮衣袖，看似輕飄的衣袖卻讓喜兒掩面痛叫，一口眞氣鬆散，又被刮回人間。

他望著微啓的鬼門，眼底盡是傷痛。

「我不懂欸，當年我怎麼會愛上她？」他對君心笑笑，「年輕的時候總是比較愚蠢，嗯？」

「那是你愛的人不値得。」君心謹愼地回答。

他微皺眉，端詳君心和殷曼，卻轉頭對隨從說：「叫繕府的術士別成天打麻將了，該幹活了。這門兒要關上，也得派人來巡邏，這麼大的事情，居然讓外人先幫我們撐住了，可好意思？眞眞給你們太逸樂了，一起欠砍頭的！」

隨從連聲說是，趕緊飛奔而去。

「嘖，」周朔搔搔頭，「我還以爲有繼世者可憐我勞苦幾千年，願意帶著夫人來接班哪，結果像是滿像的，居然不是。」

他掐指算了算，遺憾地搖搖頭，「眾顏匯黝，諸色雪光。你和當世繼世者同時出生，命格也太清奇，不算什麼好事。」

「……未來之書也這麼說。」

周朔稱奇，「小老弟，看不出來你年紀輕輕，還會讓那本破書挑上啊？來來來，既來之則安之，來我那兒喝盞茶，反正你們一時半刻也回不了家，不如放寬心來我那兒作客幾天再想辦法……」

君心發現，他看不出周朔的路數。但他是活人，這絕對沒有錯，而且，還有種非常親切的感覺。

「……老哥，剛那小姐說你在冥界成仙。」

「噗。」周朔笑出來，「喜兒心裡只有怎樣才可以不要老不要死，什麼都是成仙啦，我想你也看得出來，我是個大活人，不是什麼仙不仙。」

他帶領君心和殷曼上了驢車，「其實我該準備個什麼骸骨馬車的比較有氣勢，但那好麻煩，冥官抱怨還要回頭撿掉下來的骨頭……」

他睇了君心一眼。「我是冥界主人。數千年前的彌賽亞、繼世者，歡迎光臨冥界哪。」

周朔打了個響鞭，親駕驢車，搖搖晃晃地往冥宮行去。

懷著一種不可思議的感覺，一路上君心和殷曼都默默不語。

原以為冥宮應該氣勢磅礡，莊嚴而豪華，結果破小驢車搖搖晃晃趕進一個小巧玲瓏的三合院，前後院搞不好還比屋舍大。

勞。」

「冥主，」冥官上前恭敬的報告，「繕府已經全數前往，汴城王在場督導了。」

周朔點點頭，「辛苦了。請泰山王幫看一下案件，閻羅王那邊已經太過操勞。」

冥官稱是，然後肅穆地退下。

君心心底有些納罕。他在檀茵家住了一段時間，家裡大大小小都認識，有個被稱為「冥主」的妖異被拘在伯安的電腦裡，據說也是一方之霸。

「列姑射舊址有個妖異也稱『冥主』。」他試探性地問。

周朔爆笑，「哈哈哈，哈哈哈哈～～你說那隻小妖異啊？聽說他很羨慕我在這兒當死人頭子，所以也給自己取個相同的名號，攀親沾故之徒，滿街亂跑，哪拘得住？不相干的。聽說他讓凡人禁在電腦裡，是也不是？剽竊名號本來也沒什麼，但三兩下就栽在凡人手底，我的面子該擺哪？白白壞了我的名頭！」

君心忍不住也跟著笑出來，他開始有幾分喜歡這個自稱死人頭子的眞正冥主了。

「我原本以為冥界是十殿閻羅掌管。」

「可不是？我呢，沒什麼才能，專會拐部屬來為我做牛做馬，他們跟了我，可是苦到底了，這麼幾千年，連假都沒得休。」周朔輕嘆口氣，「天界這麼一封，對我們倒是好事一件，起碼可以放幾年大假不是？」

君心含笑，抬頭一看，臉色褪得蒼白。只見他的畫像維妙維肖地掛在廳堂，上面還印了大大的「懸賞」。

順著他的眼光，周朔噗哧一聲。「若天界沒封，小老弟，對不住，我是會把你綁赴天界的。」

君心霍然站起，殷曼按住了他的手，「現在封天了。」

「是呀，」周朔喝了口茶，「所以我們都樂得不用費手腳，還可以安穩喝茶，豈不挺好？」

君心狐疑地坐下來，卻不敢去碰茶，但殷曼泰然自若地端起茶碗，飲了一口，「果真好茶。」

「我冥府的幽種可是有名的。」周朔非常自豪。

「我猜想您是地奘王菩薩？」殷曼直直地望著周朔。

「地奘王菩薩的稱號不是我的。」周朔攤攤手，「這是上給悲傷夫人的封號，只是凡人不懂，常常搞混了，其實是種僭越，但我也懶得解釋，既然我在冥府當死人頭子，望文生義，似乎我最適合是不？夫人既然不計較，我也就不好意思的接受了。」

君心不太放心，這位笑嘻嘻的冥界主人並不如表面那麼親和。他內在有冷酷而公事公辦的一面，雖然並非不近人情，他還是有點擔憂，畢竟身在冥界，他是最高的領袖。

「……據我所『閱讀』的部分，似乎彌賽亞自沉地維，成爲穩定地維的中心。」

周朔笑了笑，「也不是全部如此。起碼現在的天帝雙華，就是在我之前的彌賽亞，他選擇上天爲帝，而我呢，也選了條比較不同的道路。」

兩任彌賽亞的時間如此接近，其實不太尋常。雙華和周朔只相差了一千多年。

當初周朔被「啓發」，他最初的震驚褪去後，並沒有照著天命自沉地維，反而跟隨了未來之書一段時間。

求知慾旺盛的周朔，想盡辦法要搞懂地維和天柱的關係。

「拿人體來說，」曾經習醫的周朔解釋，「地維就是人間的脈，天柱就是心了。氣亂則百病叢生，若脈絕人也就死了，但人無心則不能行，自然也完蛋大吉。那本破書倒容我跟著他亂跑，我也跟著見識到地維和接壤，眞眞大開眼界……」

唯有人間有地維，而地維和三界的接壤息息相關，周朔跟著未來之書亂跑的時候，發現了三界的接壤已經非常脆弱，到了隨時會崩毀的地步，若他應天命自沉地維，地維鞏固，等於間接維繫接壤。

但這根本不是辦法。

他發現，接壤脆弱是因爲神魔兩界來去自如。原本力流混亂會導致地維脆弱斷裂，但眞正作用最嚴重的是接壤的部分，這問題大家都明白，神魔兩界開會也不知道開過多少回，嚷著要封天絕地，卻總是辦不到。

因為神族和魔族都深受種族衰退之苦，新生兒日漸減少，而衰老死亡的人口卻不見趨緩，唯一的辦法是取人魂轉化成神族或魔族，所以神族要渡人成仙，來人間帶走善魂，而戰敗的魔族根據和約，可以帶走罪魂。

但神、魔兩族的神威或魔能在人間會引起極大的副作用，更不要提一點控管也沒有的兵馬雜沓。大家都知道這樣會影響接壤，卻也誰都不能罷手。

周朔深深思考起來。

原本人死成鬼，很快的就會投胎轉世，但天界和魔界有需求，這麼你也來我也來，人間又不是神魔兩界的廚房。

若有個中間機構呢？神魔兩界要人才，就往中間機構去找就成了，也不用統統擠在人間引起天災人禍，接壤脆弱的問題也不至於惡化，保得人間安寧，三界也無事，豈不挺好？

他開始用彌賽亞的身分，和神魔兩界交涉。他脾氣好，耐性足，東方天界原為彌賽亞的雙華帝第一個支持他異想天開的計畫，還幫他說服他方天帝，但他眞正的成就是說服一統魔界的大魔王。

最後魔王讓他說服，唯一的條件是冥界必須位在魔界境內。

長袖善舞又腰肢柔軟的周朔深明妥協的藝術，他在諸多大人物當中取得一個危險的平衡，眞的照他的想法建立起冥界，能夠耐性遵守天界諸多苛細要求，和魔界洗滌罪魂的委託，甚至神魔兩界干涉他的權限，要求派駐死神或魔鬼的要求。

他接受這些要求，但同樣也要神魔兩界限制死神和魔鬼的出入人間數量。他不求一舉解決接壤脆弱的隱憂，只希望能夠減緩迫在眼前的傾覆危機，他選拔原是人魂的陰差和判官出任務，而這些原是鬼魂的官差對地維和接壤是沒有傷害的。

他精細的計算人間可以承受的神魔最大數量，呈報神魔兩界，並且定期提供詳細的接壤報告給兩界主宰，讓他們能夠盡量修復。

最重要的是，他臣服神魔兩界，但極度強悍地捍衛冥界內的主權。他深知什麼時候該妥協，什麼時候該強硬。

他的確是對的。自從他成立冥界之後，原本極度嚴重的接壤問題，得到相當程度的緩解，並且在神魔兩族的修復下，有段時間不那麼令人擔憂。

「……你若在人間一定是個偉大的政治家。」君心不禁驚歎。

「政治家？哼。」周朔笑了一聲，「跟我辦出來的這番事業相比，人間的政治家像是在玩家家酒。別讓我笑了，小老弟。」

君心不得不承認這個自傲的冥主非常正確。

第十章 修道

追　寻

因爲周朔的好意，他們在冥界待了下來，雖然君心比較想回人間。

「我也不是強留你們。」周朔攤攤手，「但冥界的通道統統封閉了，就算要走也沒辦法。」

「正鬼門還沒完全關閉吧？」君心還抱著一絲希望。

「是沒有完全關閉，」周朔承認，「但也過不去。坦白說，能過也不能給你們過。這個門是用暴力炸開的，修得慢一點，會發生什麼天災異變誰也不知道。雖然說，現在的冥界可以功成身退，將輪迴這回事交還人間自主，但冥界在魔界境內，總不能爲了這個小洞弄垮魔界吧？」

君心變色，「……我們要回家！」

「可以啊，」周朔一派輕鬆，「你先設法打敗我派駐在那兒的軍隊，然後打倒我，那就可以隨便你。」

他臉孔發青，瞪著這個和傳說一點相像都沒有的冥界主人。

或許，君心妖化後可以打垮南天門，和十萬天兵抗衡，但他依舊是人身，身爲人這樣的命運，讓周朔比王母玄還剋制他。

他忿忿地跑去找殷曼商量。「小曼姐，那個死人頭子不讓我們借道正鬼門。」

正在閱讀道簡的殷曼抬起頭，神情很平靜，「我想也是。」

……啊？

「這個門算是強橫開啓的，誰知道會出什麼樣的災殃呢？」她的說法和周朔相似，「我們另尋他途回去好了。」

「但所有的門都封閉了！小曼姐，可以說能回去的道路都已經封死，正鬼門是我們唯一的希望！」

「總會有辦法的。」她泰然自若的低下頭，「既來之則安之。」

君心瞪著她，突然一股火氣上湧，「小曼姐，我們沒有幾千年的時間！我們只剩二十幾年可以收微塵了，滯留在這裡什麼事情都辦不到啊！爲什麼妳一副無關緊要的樣子？」

殷曼驚愕地抬頭，定定地看著他。「微塵收不收，其實沒什麼關係。」

……沒有關係？原來他這樣拚命、這樣努力，在殷曼眼中，是無聊的掙扎？這麼長久以來的磨難，到底是爲了什麼啊？

「原來我做這些，對妳來說都是沒有意義的。」他的聲音絕望而憤怒。

「我不是這個意思……」殷曼想解釋，君心卻轉身衝了出去。

她瞪大眼睛，完全搞不清楚狀況，她並沒有生氣或發怒，反而有種微妙的感覺。跟君心相處這麼多年，這是第一次，他們吵架……不對，應該說君心對她發脾氣。

這可是從來沒有過的事情。

「呃……」她轉頭對服侍他們的冥官說，「冥府有圖書館嗎？有沒有關於青少年教養的書籍？」

突然被問，冥官也一愣。「青少年教養的書籍很多啊，不知道您要找哪方面的？請跟我來，大圖書館往這走……」

「嗯……我想找關於叛逆期的，但都三十四歲了，這叛逆期會不會來得有點晚呢？冥官，你有小孩嗎？」

「……」

忿忿地衝了出來，君心滿心的委屈和沮喪無從發洩。

從冥宮出來是一片雜草荊棘的荒野，很遠很遠的地方一派燈光，據說枉死城在那兒。

他漫無目的地蹓躂，心裡的悲哀越發濃重。

但他的悲哀不是因爲回不了人間，只要可以跟殷曼在一起，什麼地方都不要緊，而是他這樣勞苦奔波，用盡心血的收集微塵，在殷曼眼中卻是無關緊要的事情。

等難聽的驢嘶聲在他身邊響起，他抬頭，跟那個笑面虎的死人頭子面面相覷。

「唷，在荊棘中散步，眞是特別的興趣。」周朔摸了摸下巴。

君心沒好氣地瞪他一眼，「……我看你成天都在閒晃，你眞的是冥界主人？一點正事都不用辦？」

「我正要去找十殿閻羅會酒下棋，誰說我不辦正事？」他招招手，「上車吧。瞧你臉都快糾成包子了，隨我散散心去。」

君心發悶了一會兒，爬上破驢車。「會酒下棋算什麼正事？」

「和部屬搏感情也是很重要的。若不是欠了我太多酒錢賭債，他們會賣命幾千年不敢抱怨？」

什麼亂七八糟的？「我聽說地奘王菩薩非常心慈。」

「我是很心慈啊，賭債酒錢都沒追加利息，是說，本金就夠他們做牛做馬的了。」

……

隨著周朔亂跑，他發現這個冥界比想像中的大很多很多。就像個深不見底的無數地下樓層，除了地表上的建築，地下還有數不清的層面，每個樓層都有相關主題的部門，可以應對四方天界和魔界的要求。

在他這樣一個現代人的眼光來看，許多刑罰慘無人道、完全罔視人權（或鬼權？），但只要是哪方的頭子希望照這種戒律，周朔都有辦法執行。

雖然他們去巡邏的時候，許多執刑的地獄都已經停工，但觀看刑具和標準執刑流程就夠觸目驚心的。

「封天絕地了，我也不用應付天界那些『特別』的嗜好。魔界的老大容易溝通多了，現在我們準備往『褫奪自由』的方向去洗罪，而不用酷刑了。」周朔聳肩，「這樣也好，不然牛頭馬面部門老有職業病，長年看心理醫生也是很貴的。」

……牛頭馬面還要看心理醫生啊？

「一開始就不該有這種酷刑。」身爲現代人的君心不忍卒睹。

「我也這麼覺得。要罰也罰生前，罰死後做什麼？但天界自命統治者，偏偏公文速度緩慢如蝸牛，等確定罪罰可以執行，往往人都死了。況且，死人的行蹤好掌握。」他攤手，「所以我就成了集中營的魔鬼頭子。」

「但你還是執行他們的要求。」

「對，沒錯。」周朔點頭，神情一派平和，「我不跟他們計較細節，他們在大處就會聽我的。天、魔兩界都很重視形式。」

君心發現，他很難評斷周朔。他只抓住大原則，但小處皆可屈服。他漠然的執行天界或魔界要求的殘酷刑罰，讓冥界成爲「地獄」的代名詞，但他也堅強嚴厲地指責天界或魔界派出過多的使者，抗議天魔兩界對接壤問題執行不力。

他聽冥官說過，周朔甚至在三界會議上，朝著會議桌丟檔案大聲咆哮，只因爲接壤修復的進度延遲。

很難對他下評價。但某方面來說，君心是有點喜歡他的。

相較起來，自沉地維是個比較輕鬆的選項，但他卻選擇了一條更崎嶇艱困，甚至痛苦漫長的道路。

「你還是不讓我借道正鬼門吧？」君心問。

「對。」周朔笑嘻嘻地喝著酒，一面往著棋坪扔白子，坐在對面的泰山王已經輸到臉色發黑了。

「……你看過未來之書，甚至跟隨過他。」君心試圖講理，「你當知道末日。」

周朔睇了他一眼，「小老弟，不然你覺得我費盡一生心血搞這集中營做啥？我並非天生屠夫。」好整以暇地扔出一枚白子，「老泰，你又輸了。這局我就不跟你收錢，便宜你了。」

泰山王趴在桌子上，動也不動。

「小老弟，我知道你打垮南天門很威風，你眞要去撬正鬼門，我也得費番力氣制伏你，為了我們好，就省省大家的事兒，吸血族腦袋都長蛆，只知道蠻幹，我想你不至於吧？又不是打穿個洞就是道路，所謂『道』，並不拘於有形。」

他笑笑，「你眞想離開冥界，不如去跟你的師父女朋友回個不是，眞正的關鍵在她那兒。」

君心瞪了他好一會兒，卻發現自己跟長蛆的吸血族似乎沒什麼兩樣。

無須周朔提點，君心也會去跟殷曼賠不是的。

他也不知道自己爲什麼那麼暴躁。明明知道殷曼恢復大妖本性，對一切都會淡然處之，他不懂爲什麼要跟她爭這個。

「我知道你在收集微塵上吃了很多苦頭。」殷曼還是平和地說。

「我不是要妳知道我吃什麼苦頭。」他更沮喪了。

「我懂。」殷曼點點頭，「你都是因爲愛我之故，但我居然這麼漠然地面對你的焦慮，是我不對。」

君心一下子哽住了。他的小曼姐，一直都是這樣的靈慧。

他們和好如初，君心告訴她周朔的提點，她深思許久，卻也沒有頭緒。

「小曼姐也不知道嗎？」君心困惑起來，「他不肯告訴我更多。」

「呵。」殷曼笑了，「這是冥界主人給我的謎題，我會好好解謎的。」

他們在冥界安頓下來。

冥界位於魔界境內，所以也是十天一日，十天一暝。

在十天都陽光普照中，日光顯得比較薄弱，發散著冬陽般的溫度，但這並不妨害他們做早課。

然而十天都是夜晚的時候，他們抬頭可以看到三個月亮。

後來才知道，銀白的是原本的月，而寶藍色的月亮，乃是他們的人間，另一個則是天界。

封天絕地後，各方天界對冥界都鞭長莫及，而冥界也不再往人間引渡亡魂，但冥界中依舊有數億鬼口，這些鬼口順理成章的，在洗罪後可以成爲魔界的居民。

這對人口日漸凋零流失的魔界來說眞是一記強心劑。

「若人魂都轉化以後，你要做什麼呢？」君心和周朔對弈時，好奇地問。

「當富貴閒人囉。」周朔心不在焉地研究著棋坪，「我忙碌數千年，也該放下擔子了。魔王會待冥界官員軍隊甚好，這我很清楚，我再也沒什麼不放心的。」

「你倒是提得起放得下。」

「我可不是自願提起的。但我不做，誰來呢？」周朔信心滿滿地扔出白子，「放心，輪得到你扛起的。」

「我可不想聽到這個。」君心回嘴，無視周朔的攻勢，繼續猛攻。

「喂，有人棋這麼下的啊？只知進攻不知退守，我敢說你結界一定修得很爛。」

「……囉唆。」

在艱困的人生中，這是段少有的安逸時光。周朔和君心越來越合得來，雖然君心不肯承認，但他的確結交了一個意氣相投的摯友。這個境界和雙華帝接近的彌賽亞，在修道上的領悟遠遠超越許多神明。

他用一種輕鬆自在的態度引領君心，卻比殷曼那種無視規則的散漫嚴謹許多，許多想不透的關卡，都由他教導給君心，讓他有另一層的領悟。

可以說，他指導的是君心一人，但君心教給殷曼，殷曼又將她的體悟回饋，等於三人都受益。

他們在冥界待了三年，但這三年的修煉說不定比三百年還多。

這三年，君心原本暴烈的氣顯得溫馴許多，破壞力也減輕了，雖然還是常常炸穿冥宮的屋頂。

「……你在我這兒白吃白喝還炸我屋頂。」周朔抱怨。

君心悶悶不樂地扛起磚瓦上屋頂開始敲敲打打。

君心開始覺得，就這麼留在冥界似乎也不太壞。魔王和他見過幾次面，他對這位雄才大略的魔界至尊也頗有好感，覺得爲他效命也是不錯的選擇。

魔王唯一的王后是個人類——或說海妖血統濃重的人類，這讓他更有親切感。

如果眞的回不去的話，像小曼姐說的，既來之則安之。

但在三年後的某天早晨，殷曼無意識地呼喚了小封陣，喚完咒文，殷曼笑自己看書看呆了。身在冥界，怎麼呼喚遠在人間的小封陣？

但小封陣出現在她眼前。

或許，空間的屏障，不如她想像的穩固和堅定。

周朔說過，返回人間的道路，關鍵在她身上。她呆呆地凝視著小封陣，直到消失。

一沙一世界，一花一天堂。

「……你在嗎？薩滿？」她不由自主地輕喚。

靈魂裡的微塵回應她，「我在，我的姐妹。只要妳需要，我在。」

「……我能去你那兒嗎？」

「隨時都行，隨時都可以。」

這是一種奇蹟，一個偶然的悲憫所造成的奇蹟。

因為悲憫，她伸手救了一個困於夢境的亡靈，那亡靈在她靈魂的微塵中，創造了一個世界。

然而在她尋不到歸鄉之路時，這個位於微塵的世界成了「道」。

她和君心因此進入了微塵世界，藉由血脈相連的殷塵當定標，回到人間。

「或許冥冥之中自有定數，」周朔自言自語，「即使創世者也不知道。交給你啦，小老弟，老哥我的任務結束啦，加油吧。」

浮出一個淺淺的微笑，這個活了數千年的彌賽亞仰望天上的三個月亮。現在，他終於可以鬆口氣，平心靜氣地看著不敢仰望的故鄉。

其實也沒離很遠嘛，抬頭就可以看到。

他揮鞭，趕著又破又小的驢車。說不定，他已經將他鄉做故鄉了。

不知道魔王的兒子長得像不像他？不容易啊，數千年來，魔界皇室的第一個新生兒，還是人類的女人有辦法，能夠生得出孩子來。

說不定一切都會好轉吧？說不定經過冥界新血的加入，孩子會越來越多吧？

有孩子就有希望。有誕生就會有開始。

他虔誠地祈禱。祈禱這個世界可以頑強地抵抗那個不幸的結局。

因爲他已經竭盡他的一切，他所有的人生。

〈第六部完，第七部最終章待續〉

＊欲知「幻影都城」系列精采前情，請依序看《初相遇》、《再相逢》、《歸隱》、《千年微塵》、《初萌》

＊欲知哪吒爲何會轉世成爲巫女檀茵的小孩，請看《降臨》

作・者・的・話

在眾多病痛和焦頭爛額的稿債中，我終於把第六部寫完了。其實這部費的心血最多，埋藏已久的伏筆也一一呈現，就寫作經驗來說，是很愉快的。

雖然也伴隨著劇痛。畢竟這些伏筆要完整的呈現出來又不顯囉唆龐雜，其實是很耗費心血的工作，但我已經盡力辦到了。

當然，這也讓這部小說顯得比較難懂，畢竟這系列出版日漫長，很多人都忘記了前面的情節，我也想過要不要用大量註解幫助大家恢復記憶。

最終我還是算了。我不可能在續集中囉唆太多前面已經寫過的情節，我只能懇求讀者回頭細看。當初我隨性所至只出篇名而沒有明顯的部數標記，果然吃了很大的苦頭，這錯誤我應該不會再犯了。

在這兒我再重述一次：

追尋

1.初相遇
2.再相逢
3.歸隱
4.千年微塵
5.初萌
6.追尋

這才是正確的部數順序。請不要半中間看起來，再跟我説看不懂，除了苦笑，我也不能怎麼辦。

其實寫這系列，我一直有個很深的感慨——君心和般曼崎嶇坎坷的旅程，卻有讀者認爲他們一直替別人帶來麻煩，這其實讓我很錯愕。心有所感，我將我想説的話放到楊瑾口中，所以他會飆粗口，因爲我也是。

這世界上有許多不幸的被害者，但這些被害者往往會被貼上標籤，認爲是他們有錯才會有災禍降臨。但這似乎本末倒置。

注視著殷曼和君心的旅程，我一直不認爲他們做錯什麼，他們或許身有異能，但這不表示他們就應該要拯救世界，他們若單純的希望能夠平靜地生活在一起，任何人都不該干涉他們的自由。

他們只是很倒楣的因爲異能和天賦被某些眾生覬覦，導致這樣悲慘的人生。認識他們的友人會盡力搶救，是因爲這種不公不義讓人無法吞忍。

一個男人終生只想注視著一個女子，這有什麼錯呢？既然那個女子願意讓他注視。一個女子不捨回望那個男子，那又有什麼錯呢？這是他們兩個選擇的人生。

當然我離題太遠了。

《追尋》之章我很痛快地揭開了王母玄的過往，和螭瑤的悔與恨，但也意外的，出現幾個我很喜歡的配角。

比方已成幽魂的初代。其實我還滿想寫她和雙華帝之間淡淡的情愫，但想想還是保留想像空間的好。

比方冥界主人周朔。坦白說，周朔不是個好人，他太知變通，爲了大原則無視許多罪魂的痛苦，某個角度來說，他和王母玄有些相似。

但他堅忍而自制，他完全明白爲什麼要殘酷，和不得不殘酷。他依舊是彌賽亞，全心全意的去做他想做、該做的事情，然後笑笑的。

能夠創造出，或者說閱讀到他的故事，讓我覺得自豪，並且滿心歡喜。

這可能是枯燥寂寞的寫作生涯中，僅有的幾個樂趣之一——和意想不到的人物相識並且相逢。

原本妖異要寫上十部，但因爲另外寫了《禁咒師》，所以應該七部就終結。我猜想許多讀者會不滿，但我實在沒辦法勉強自己去拖戲。

拖戲騙稿費，我實在辦不到。

期待在第七部，我們能夠相逢。讓我們一起觀看，最末的結局。

蝴蝶2008/2/20

【附錄】

簡・略・對・照・表

其實我有想過要不要把完整年表列出來，但那眞的是非常龐大的工作。我的確有列了簡略的對照表，這原本是我工作用的粗淺筆記，但我想，這可以讓讀者閱讀時的混亂減輕一點，尤其是同時閱讀「禁咒師」和「妖異奇談抄（幻影都城）」系列的朋友們。

如果你是單純的「妖異奇談抄（幻影都城）」讀者，請忽略這張工作表。

李君心：

22歲　《再相逢》，出走到玉里。

25歲　小曼入學，三年級同年升四年級。

26歲　水曜來訪，回都城。
27歲　《千年微塵》，年末確定合法加入幻影關係企業。
28歲　《初萌》，回到中都，妖化破天（年中），徹底封天絕地，開始三十年期限。
29歲　失蹤半年，回到般曼身邊，重新開張幻影徵信社。
33歲　替人類陸取出微塵。
34歲　林雲生來訪，入冥。
37歲　由冥間歸來人間。
52歲　街頭偶遇陸。距離末日尚有六年期限。
58歲　末日。

宋明峰：

22歲　麒麟收明峰爲徒。

23歲　出發工作，年底在秦皇陵遇險。
24歲　麒麟誓言退休，在家賦閒（中都）。
25歲　同上。
26歲　同上。
27歲　同上。
28歲　大殺崇家，入魔界隱遁。（年初）封天絕地，開始三十年期限。
29歲　回歸人間，尋找夢幻莊園，當年夏天獲贈應龍寶珠。秋天陪同麒麟尋找春之泉。
35歲　麒麟回歸。開始修補地維。
58歲　末日。

這眞的很粗略，但應該可以解釋讀者的若干疑問。

國家圖書館出版品預行編目資料

追尋　蝴蝶著.-初版--台北市：春光出版；家庭傳媒城邦分公司發行；2008（民97）
面：　公分.--

ISBN 978-986-6822-66-7（平裝）

857.7　　97003573

追尋

作　　者／蝴　蝶
企劃選書人／黃淑貞
責任編輯／李曉芳

行銷企劃／周丹蘋
業務企劃／虞子嫺
行銷業務經理／李振東
總　編　輯／楊秀真
發　行　人／何飛鵬
法律顧問／台英國際商務法律事務所　羅明通律師
出　　版／春光出版
台北市 104 民生東路二段 141 號 8 樓
電話：(02)25007008　傳真：(02)25027676
網址：www.romanceplanet.com.tw/stareast
e-mail：stareast_service@cite.com.tw
發　　行／英屬蓋曼群島商家庭傳媒股份有限公司城邦分公司
台北市 104 民生東路二段 141 號 2 樓
讀者服務專線：0800020299　24小時傳真服務：(02)25170999
讀者服務信箱：cs@cite.com.tw
劃撥帳號：19833503
戶名：英屬蓋曼群島商家庭傳媒股份有限公司城邦分公司
香港發行所／城邦（香港）出版集團有限公司
香港灣仔駱克道193號東超商業中心1樓
電話：(852)25086231　傳真：(852)25789337
馬新發行所／城邦（馬新）出版集團【Cite (M) Sdn Bhd.】
41, Jalan Radin Anum, Bandar Baru Sri Petaling,
57000 Kuala Lumpur, Malaysia.
電話：(603) 9057-8822 傳真：(603) 9057-6622
e-mail : cite@cite.com.my

封面設計／黃聖文
排　　版／浩瀚電腦排版股份有限公司
印　　刷／高典印刷有限公司

■2008年（民97）3月19日初版
■2016年（民105）3月16日二版10.5刷
售價／220元

Printed in Taiwan.
城邦讀書花園
www.cite.com.tw

ISBN 978-986-6822-66-7

廣　告　回
北區郵政管理登記
台北廣字第 000791
郵資已付，免貼郵

104 台北市民生東路二段 141 號 11 樓

英屬蓋曼群島商家庭傳媒股份有限公司

城邦分公司

請沿虛線對折，謝謝！

遇見春光・生命從此神采飛揚

春光出版

書號： OF0011X	書名： 追尋

請於此處用膠水黏貼

讀者回函卡

謝謝您購買我們出版的書籍！請費心填寫此回函卡，我們將不定期寄上城邦集團最新的出版訊息。

姓名：____________________________

性別：□男　□女

生日：西元__________年__________月__________日

地址：______________________________________

聯絡電話：__________________傳真：__________________

E-mail：______________________________________

職業：□1.學生 □2.軍公教 □3.服務 □4.金融 □5.製造 □6.資訊

□7.傳播 □8.自由業 □9.農漁牧 □10.家管 □11.退休

□12.其他______________________________

您從何種方式得知本書消息？

□1.書店 □2.網路 □3.報紙 □4.雜誌 □5.廣播 □6.電視

□7.親友推薦 □8.其他______________________________

您通常以何種方式購書？

□1.書店 □2.網路 □3.傳真訂購 □4.郵局劃撥 □5.其他__________

您喜歡閱讀哪些類別的書籍？

□1.財經商業 □2.自然科學 □3.歷史 □4.法律 □5.文學

□6.休閒旅遊 □7.小說 □8.人物傳記 □9.生活、勵志

□10.其他______________________________

請於此處用膠水黏貼